CONTINUER

DU MÊME AUTEUR

LOIN D'EUX, *roman*, 1999 ("double", n° 20)
APPRENDRE À FINIR, *roman*, 2000 ("double", n° 27)
CEUX D'À CÔTÉ, *roman*, 2002
SEULS, *roman*, 2004
LE LIEN, 2005
DANS LA FOULE, *roman*, 2006 ("double", n° 60)
DES HOMMES, *roman*, 2009 ("double", n° 73)
CE QUE J'APPELLE OUBLI, 2011
TOUT MON AMOUR, *théâtre*, 2012
AUTOUR DU MONDE, *roman*, 2014 ("double", n° 105)
RETOUR À BERRATHAM, *théâtre*, 2015
CONTINUER, *roman*, 2016
UNE LÉGÈRE BLESSURE, *théâtre*, 2016
VOYAGE À NEW DELHI, 2018 ("double")

Aux éditions Capricci

VISAGES D'UN RÉCIT, 2015 (livre et DVD)

118 – 141
162 –
141 – 182

182 – 192

193 – 205

209 – 234

LAURENT MAUVIGNIER

CONTINUER

LES ÉDITIONS DE MINUIT

L'idée de ce roman est venue de la lecture d'un article du Monde, *en août 2014.*

www.leseditionsdeminuit.fr

ISBN : 978-2-7073-4480-9

I

Décider

1

La veille, Samuel et Sibylle se sont endormis avec les images des chevaux disparaissant sous les ombelles sauvages et dans les masses de fleurs d'alpage ; les parois des glaciers, des montagnes, les nuages cotonneux, la fatigue dans tout le corps et la nuit sous les étoiles, sur le sommet d'une colline formant un replat idéal pour les deux tentes.

Et puis au réveil, lorsque Sibylle sort de sa tente, une poignée d'hommes se tient debout et la regarde.

Il lui faut trois secondes pour les compter, ils sont huit, et une seconde de plus pour constater que les deux chevaux sont encore à quelques mètres, là où on les avait laissés hier soir. Samuel se lève à son tour, il ne comprend pas tout de suite. Il regarde sa mère et, à l'agressivité qu'il reconnaît dans la voix des Kirghizes quand ils se mettent à parler, à questionner en russe, et surtout parce qu'à sa façon de répondre il voit que sa mère a peur, il se dit que la journée commence mal.

Sibylle parle russe, c'est l'avantage d'avoir eu des grands-parents qui ont fui l'Union soviétique. Mais c'est comme si elle n'entendait rien de ce que lui dit l'un des types. Elle fixe un instant ses yeux bleus, son visage fermé, les autres avec leurs têtes noircies par le soleil et le travail – mais qu'est-ce que c'est leur travail ? Sibylle sait qu'au Kirghizistan, voleur de chevaux est un travail qui a une tradition et une noblesse. Alors, pour l'instant, elle ne répond pas, ou seulement en posant d'autres questions, et les autres ignorent si c'est seulement sa voix et son accent qui déforment les mots qu'elle dit, ou si c'est bien la peur, l'émotion, le danger qu'elle ressent. Pendant ce temps, Samuel s'est levé, il a empaqueté ses affaires. Il démonte sa toile de tente et lance des coups d'œil à sa mère. On regarde les chevaux qui broutent de la luzerne un peu plus loin, en se disant qu'il faudra se rapprocher. Mais pour l'instant c'est le cercle des huit hommes qui se referme, se rétrécissant, se précisant comme les questions qui fusent, d'où venez-vous comme ça ? Pourquoi vous venez dans ce pays où il n'y a rien à faire ? Pourquoi vous avez envie de marcher si haut dans les montagnes ? Qu'est-ce que vous voulez ? Pourquoi vous venez et pourquoi une femme se promène seule avec un garçon si jeune ? Vous n'avez pas de mari ? Il n'y a pas d'homme avec vous, non ? Et vos chevaux, ils ont l'air robuste, vous les avez achetés où ? À qui ? Loin ? Au marché à Osh ? À Bichkek ?

Sibylle et Samuel ne regardent pas le type pendant qu'il lance ses questions. Elle continue de parler en rangeant ses affaires – des gestes précis qu'elle ne pensait pas avoir déjà acquis, elle pourrait faire le paquetage les yeux fermés. Elle continue de poser des questions pour ne pas répondre à celles dont le débit se fait de plus en plus pressant. On a défait et rangé les tentes, sellé les montures, Samuel détache les chevaux, les hommes ne disent plus rien, ils ricanent, observent. On décide de descendre et de rejoindre les paysans qui travaillent plus bas, d'aller vers les fermes, on se le dit en français – un instant le français devient comme un mur épais et puissant pour se protéger des autres, ceux-là qui maintenant parlent entre eux et se mettent à rire d'un rire mauvais et rageur.

Quand Sibylle ouvre la marche, elle fend le cercle qui s'est fermé autour d'eux. Samuel la suit, le regard des hommes qui les laissent passer est une barrière plus difficile à franchir que leur corps, mais le cercle s'est ouvert et forme une ligne flottante : huit hommes qui les regardent partir et les suivent longtemps, d'abord du regard, puis en marchant derrière eux, de plus en plus près. Ils ne lâchent pas si facilement, ils insistent, toujours les questions sur les chevaux. Mais Sibylle ne répond plus. Elle murmure à Samuel qu'il faut continuer à descendre, sa voix est si basse maintenant qu'elle chuchote comme si elle craignait que l'un des hommes parle français, ce qui est absurde, bien sûr, elle le sait, peu importe, c'est plus fort qu'elle.

On lui avait bien dit que c'était une connerie de partir avec son fils comme ça à l'aventure, seulement tous les deux. Mais elle avait tenu bon, elle avait répondu, qu'est-ce que vous voulez que je fasse ? Vous voulez que je ne fasse rien et que je laisse Samuel plonger et lâcher prise complètement ? Non, ça, c'est hors de question, je ne le laisserai pas tomber.

2

Pendant un temps qui leur paraît aussi long et pénible que sont lourds et insistants les regards des huit types, Sibylle et Samuel descendent. Ils veulent rejoindre la vallée en se disant qu'en bas ils trouveront des gens – car au-dessous on voit la route qui serpente entre les collines, et les villages, les fermes isolées, les gens qui vont travailler. Déjà la chaleur monte et dans quelques heures l'été écrasera les pentes verdoyantes sous un ciel d'un bleu limpide et implacable.

Dans leur dos, Sibylle et Samuel entendent que deux des gars ont l'air de réclamer quelque chose. Leur chef s'arrête pour les engueuler, ça discute, ça tergiverse, Sibylle et Samuel n'attendent pas d'en comprendre davantage ; ils marchent vite, silencieux, la bride à la main. Puis, soudain, les deux types se mettent à courir et passent devant eux en les frôlant et en gueulant, là, tout près, sans regarder vers eux, et dans l'air du matin on a juste le temps de sentir un relent aigre de sueur et de poussière, peut-être de vodka. Les chevaux hennissent, ils n'aiment pas ce roulis de caillasses ni les voix rauques qui éructent. Les deux types descendent en cavalant et laissent les six autres derrière eux, qui semblent les insulter. On n'a pas le temps de se dire qu'on peut mourir ici, dépouillés et balancés dans un fossé, au pied d'une montagne, qu'ils peuvent nous traîner plus loin et nous abandonner agonisants parmi les pierres et les ronces. Oui, pas le temps de se dire qu'on peut se faire tuer par des sales gueules qui puent l'alcool et la crasse, on ne se dit rien, mais lorsqu'ils arrivent dans la vallée, près d'une route déserte, à flanc de colline, les hommes qui étaient derrière passent à l'attaque – c'est rapide, le chef jaillit le premier, il bondit sur Sibylle pendant que deux autres essaient de sauter sur Samuel. Sibylle s'est retournée et tient fermement sa cravache, elle cingle le visage du chef de bande ; Samuel frappe les deux types à coups de poings, les chevaux reculent, ils vont s'enfuir, les autres essaient de les saisir, mais ils se cabrent et hennissent en tambourinant sur le sol, les fers claquent sur la pierraille, la poussière monte, jaune, fine, des particules qui dansent autour des corps le temps que dure l'attaque – un temps très court, une voiture apparaît à l'autre bout de la route, Sibylle et Samuel ne la voient ni l'un ni l'autre.

Mais le chef de bande se met à gueuler pour prévenir les autres. Samuel et Sibylle transpirent et crient, quand ils voient la voiture ils ne pensent pas qu'on vient les aider. C'est une pauvre vieille Traban bleue, elle soulève une masse compacte de poussière qui ne retombe pas sur son passage mais semble se figer dans l'air. L'image qui leur vient, c'est plutôt celle des deux types qui se sont enfuis. Ils se disent qu'ils reviennent – mais sans doute pas, bien sûr que non, les autres types ne seraient pas pris de panique si c'était eux. La voiture approche, un avant-bras sort de la portière passager et au bout un objet – puis un soubresaut, la main et l'avant-bras qui rebondissent sous le coup de la détonation, une deuxième détonation, dont l'écho résonne longtemps dans l'air, un son métallique qui se fracasse très loin contre les parois des montagnes et se répercute encore avant d'aller mourir très loin, en haut, contre les glaciers.

Soudain, les types disparaissent dans la montagne. Sibylle et Samuel ont à peine le temps de les voir s'évanouir dans les bosquets et derrière les arbres – des frissons dans les feuillages, des bruits comme des animaux, les hennissements des chevaux qui ont peur et la poussière qui retombe, épaisse et pourtant légère comme du pollen au printemps sur le bord des routes de campagne.

3

Djamila la première et Bektash, son mari, expliquent à Sibylle qu'il vaut mieux les laisser filer, que les flics, si on les appelle, c'est toujours vous qu'ils coffreront parce que Dieu sait s'ils ne sont pas eux-mêmes des flics, vos bandits, ou s'ils ne sont pas leurs frères, leurs amis, leurs cousins ?

Samuel et Sibylle ont dû rassurer les chevaux pendant un long moment. Depuis trois semaines que le voyage a commencé, on a appris à se connaître, à savoir ce que les uns et les autres ressentent. Pour l'instant, leur nervosité est la même que celle de leurs maîtres. Yeux, oreilles, jambes, tous les corps et les sens sont en alerte. On n'a rien besoin de se dire, pas même d'échanger un coup d'œil pour se comprendre. Les souffles mettent un temps fou à retrouver leur rythme, les cœurs aussi. Sibylle et Samuel regardent le pistolet avec lequel Djamila a tiré en l'air. Celle-ci comprend de quoi Sibylle a peur – et si en perdant huit voleurs on tombait sur un couple façon *Bonnie and Clyde* à la kirghize ?

Djamila jette le pistolet sur le siège avant du conducteur. Elle ne veut pas faire peur. Elle ne tient pas souvent le pistolet dans sa main, elle n'a presque jamais tiré, en tout cas jamais autrement que pour rameuter un troupeau de chevaux ou de moutons, peut-être une fois pour faire fuir un ours qui s'approchait trop près des maisons. Elle expliquera plusieurs fois dans la journée, et ce soir encore, après le repas, qu'elle avait décidé d'avoir un pistolet le jour où son père avait été tué par un loup, juste devant la porte de leur yourte, il y a longtemps, elle était adolescente. Elle raconte ça avec encore un peu de frayeur dans la voix et dans le regard, même si elle essaie de ne pas le montrer. Maintenant, ce pistolet passe sa vie dans la boîte à gants, c'est dans la voiture et sur la route qu'il a le plus de risque de servir. La preuve, dit-elle dans un large sourire.

Oui, la preuve, répond Sibylle.

Toutes les deux se mettent à rire, comme si la situation avait été drôle ou qu'on pouvait enfin commencer à en rire, comme d'une histoire sans réel danger ou qui serait arrivée à d'autres.

Samuel, lui, ne rit pas. Il regarde sa mère avec une colère froide, intransigeante. C'est à chaque fois la même chose. Il n'aime pas l'entendre parler russe, essayer de comprendre ou de partager quelques mots avec les gens qu'on rencontre, même si c'est sur le bord d'une route, le temps de dire trois mots, d'où venez-vous, où allez-vous, comme les enfants qu'on croise et qui veulent souvent les prendre en photo et qu'on prend aussi, en échange. Ça leur fait plaisir, et ça fait plaisir à Sibylle. Samuel, lui, n'aime pas voir sa mère dans le rôle de la voyageuse cool qui s'intéresse aux autochtones, il trouve ça condescendant et bien-pensant. Pour l'instant, il ne dit rien. Il ne tremble plus, la chaleur de sa peur s'éloigne, comme celle des chevaux. Le corps se calme, Samuel reprend le contrôle de son esprit et de ses sens, de ses idées, il les retrouve comme elles ne le quittent presque jamais – intactes, critiques, tranchantes.

4

Djamila et Bektash sont deux jeunes mariés, ils n'ont pas encore d'enfants. Ils disent avoir vingt-cinq ans, mais Sibylle n'est pas sûre d'avoir compris. Elle n'ose pas leur demander de répéter ; elle leur en donnerait volontiers quinze ou vingt de plus. Bektash a fait des études d'ingénierie, mais il a tout arrêté à la mort de ses parents. Maintenant il travaille comme saisonnier dans les fermes, la fenaison lui prend beaucoup de temps. Sibylle demandera à Djamila si elle aussi travaille à la ferme, elle n'aura pas d'autre réponse qu'un sourire complice – sauf que Sibylle ne sait pas à quelle complicité de femme ce sourire doit la renvoyer, si elle doit entendre que Djamila reste à la maison parce que c'est la place des femmes, si elle est déjà enceinte – ce qui ne se voit pas sous l'étoffe rose et jaune de sa robe –, ou si, au contraire, il devrait être évident qu'elle travaille. Djamila a l'air instruit, il y a des livres dans la maison, ceux du grand écrivain national Tchinghiz Aïtmatov, dont Sibylle a lu quelques traductions pour préparer son voyage, un atlas de la Russie et de l'Asie centrale, un Coran et des magazines.

Bektash part seul en voiture, sa femme propose d'accompagner les voyageurs jusqu'à leur maison. Elle montera sur l'un des chevaux et eux deux, mère et fils, sur l'autre. Ce soir on boira du lait de jument fermenté, le *koumis*, de la bière russe, la Baltika, on mangera des pâtes et de la viande de mouton, on parlera de la vie et des gens d'ici et puis, bien sûr, en buvant une vodka, on écoutera ce que les étrangers ont à dire.

Car Sibylle et Samuel savent que, contrairement à ce que leur rencontre matinale pourrait laisser présager, les Kirghizes sont un peuple ouvert et généreux. Sibylle et Samuel acceptent l'invitation, on ne peut pas refuser à celui qui offre son hospitalité, surtout quand il vient de vous sauver la vie.

5

Ils arrivent dans cet étrange endroit que Djamila appelle la ville, et qui est un village. Une route poussiéreuse contre laquelle se sont agglutinées des maisons basses, de petites bâtisses maltraitées par le froid et le vent mais aussi par la rigueur économique et l'isolement, sans doute désertées pour la plupart, mais pas forcément toutes. Il y a des gens sur le bord de la route, des vieux avec leur *kalpak*, le chapeau en feutre blanc qui a la forme d'une montagne, des femmes dans des robes colorées et quelques enfants en survêtements dépareillés. Pourtant, le village semble ne pas avoir de nom, à moins que Sibylle n'ait pas compris celui qu'on lui indiquait.

En passant sur la route, des gens les saluent, certains viennent parler. Des enfants courent dans les jambes des chevaux et Djamila parle avec eux, cette fois en kirghize. Sibylle ne comprend pas et se contente de sourire. Ils traversent le village et longent la route, Sibylle est étonnée par l'odeur d'essence et de pneu, comme s'il y avait un garage ou une station-service quelque part, mais elle ne voit rien. Une immense citerne métallique rouillée, sans doute de l'eau, impose sa présence au-dessus des toits. Des baraques en dur où des gens sont devenus sédentaires après le départ des Russes, quand leurs dernières illusions ont elles aussi dû prendre le départ. Car ceux qui avaient attendu de devenir fonctionnaires ne le deviendraient pas, ceux qui avaient fait des études pour avoir des postes ne les auraient pas, et le seul trait de nomadisme qui traîne encore chez ceux qui vivent ici, c'est celui que de lointains ancêtres mongols leur ont légué. Pour Djamila et Bektash, des pommettes saillantes – toujours ce cliché collé aux pommettes, sauf que cette fois c'est vrai, elles sont comme deux petits cônes dont le sommet est très éloigné de sa base, et les yeux, eux, fortement bridés et fins comme des amandes.

Ils dépassent le village et quittent la route, sur la droite, en descendant un chemin de terre. La caillasse ressemble à n'importe quel sentier qui mène vers le bas d'une vallée, pas très loin de là où coule la rivière. Ici, trois maisons. La journée va se passer dans ce coin où quelques arbres bruissent sous le vent doux de l'été, à l'écart de ce pseudo-village peu attirant. Djamila est heureuse d'avoir des invités. Elle va prévenir les voisins qui déboulent et font tout de suite des compliments sur les chevaux, une chance que les voleurs ne les aient pas pris, c'est sûr, mais on peut les comprendre, ce sont de très beaux chevaux. Les voisins reviendront ce soir, on partagera le repas. Djamila ne connaît pas la France, mais Bektash en a entendu parler par son grand-père, que l'ère soviétique avait soûlé de Révolution française et de grands noms.

La maison est très simple, un bloc, presque un cube, des briques rudimentaires, quelques fenêtres. Mais il y a une tonnelle à l'extérieur et il fait beau. La journée va être douce, Sibylle voudrait les remercier sans fin pour leur aide. Mais c'est eux, Bektash et Djamila, qui semblent les plus heureux de cette rencontre, peut-être parce qu'ils ne voient pas souvent de nouvelles têtes ou, plus probablement, parce qu'ils sont accueillants comme le sont les Kirghizes, sans qu'on ait besoin de justifier leur gentillesse. Des voyageurs viennent de plus en plus, c'est vrai, et parmi eux beaucoup de Français. Pourtant ils restent rares, car le Kirghizistan n'a pas beaucoup de structures d'accueil, peu de routes viables, peu d'hôtels confortables. Les voyageurs sont plutôt des sportifs ou des amateurs de grand air, des cavaliers aussi – car ici, comme le dit le proverbe, « celui qui n'a pas de cheval n'a pas de pieds ».

6

Ils ont mis les chevaux à paître chez Taberbek, le voisin, qui a un enclos et suffisamment d'herbe pour que les animaux puissent brouter et boire toute la journée. La rivière, maigre pendant cette saison, ne s'assèche jamais entièrement. Un seau d'eau, Taberbek l'offre volontiers. Djamila veut préparer le repas et laisse les deux invités s'installer dans une pièce un peu à l'écart de la maison.

Quand ils y entrent, Sibylle et Samuel sont saisis par l'odeur de poussière, un bourdonnement de mouche contre une bouteille en plastique, une odeur de savon et puis une autre de lait de brebis, une autre encore, plus forte celle-là, de fruits pourris que ni l'un ni l'autre ne sont capables d'identifier. De vieilles couvertures en laine marron pour faire un matelas, un seau en fer-blanc pour aller puiser de l'eau à trois cents mètres en contrebas, où, leur a assuré Djamila, la rivière les attend avec son eau qui vient tout droit des glaciers. La même que pour les chevaux, c'est dire qu'elle doit être bonne. Djamila passera les voir plusieurs fois dans la journée, pour leur offrir du thé mais aussi, dans une vieille bouteille en plastique, du *bozo*, une boisson fermentée à base de grains de mil qui a un léger goût de bière et quelques degrés d'alcool. Sibylle et Samuel resteront ici sans bouger, s'occupant seulement de se reposer, de laver un peu de linge et de trouver où le faire sécher le plus facilement au soleil, sur le rebord d'une chaise, sur une table. Avec le léger vent, ça ira vite.

Assis par terre sur une des vieilles couvertures, les écouteurs pendouillant et non pas enfoncés dans les tympans comme à chaque fois qu'ils avaient un moment tous les deux, face à face, comme si cette fois c'est lui qui avait décidé de parler, Samuel regarde sa mère. Il semble attendre quelque chose, peut-être de prendre la parole. Mais il ne dit rien. Elle le voit, elle s'étonne, mais elle sait très bien ce qu'il pense et ne dira sans doute pas, parce qu'alors il le dirait avec des mots qu'il ne pourrait plus retenir et qui seraient ineffaçables par la suite – ce qui est dit est dit –, même si on essaie de se rattraper en prétendant qu'on s'est laissé emporter par la colère, l'émotion, par ce qu'on voudra, prétendant que les mots ont dépassé la pensée. Mais non, Sibylle le sait, son fils aussi, les mots qui sont dits sont juste ceux qui ont assumé la vitesse de la pensée.

Et Samuel, des pensées irrécupérables, il en a souvent. Il en a précisément en ce moment où il regarde sa mère en train d'essorer ses T-shirts. Alors elle se sent épiée, elle s'arrête et regarde son fils. En trois semaines, il a déjà physiquement beaucoup changé : il a perdu quelques kilos, ses cheveux ont repoussé et il perd cette tête de skin qu'il avait voulu se donner pour plaire à ses copains. Il a encore une tête de bagnard, mais cette fois ça lui va plutôt bien ; son teint hâlé adoucit ses traits. Mais son expression, ses yeux restent sévères : cette fois encore il ne dit rien. Cette fois encore Samuel se renferme en glissant, presque sans s'en rendre compte, ses écouteurs dans ses oreilles, appuyant sur la touche *Play*, lançant la musique pour s'éloigner de sa mère et des montagnes, de ces ciels, de ces heures de route à cheval où il ne fait qu'attendre qu'on en finisse, prenant son mal en patience parce qu'il n'avait pas eu le choix.

Oui, dans son esprit c'est sûr : on ne lui a pas laissé le choix.

7

L'histoire avait commencé quelques mois plus tôt. Samuel décrochait à tous les niveaux – scolaire, mais pas seulement. Comme si même dans sa façon d'être, soudain plus rien ne répondait, comme s'il n'était plus capable de savoir s'il faisait chaud ou froid et de s'habiller en conséquence ; comme s'il n'était plus capable de savoir quel jour de la semaine on était ; comme s'il était incapable de savoir s'il était seul ou avec quelqu'un dans une pièce ; comme s'il confondait le jour et la nuit.

Sibylle essayait de ne pas tout mettre sur le dos de Benoît, de leur séparation, du déménagement en catastrophe à Bordeaux. Elle essayait de récapituler l'enchaînement des faits, elle reconstituait à rebours leur parcours pour comprendre ce qui séparait ce fils qui venait de se raser le crâne pour faire plaisir à ses copains, qui s'habillait tout en noir avec des Dr. Martens, son look de skinhead un peu grotesque parce qu'elle se demandait bien qui pourrait avoir peur de lui avec sa tête d'adolescent mal dégrossi, son nez un peu trop rond, son acné, son air souvent hagard, de celui qu'il était encore l'année d'avant, un garçon qui aimait l'équitation et n'avait rien d'un futur skinhead ou d'un provocateur, même s'il avait toujours eu un fichu caractère, peut-être, comme on le lui avait parfois dit, parce qu'il était fils unique.

Mais en mars, ce vendredi dont elle se souviendra longtemps parce qu'il aura été l'occasion de ce nouveau départ, Samuel n'était pas rentré de la nuit. Ce jour-là, comme tous les vendredis, il terminait le lycée à seize heures. Mais il est vrai que Sibylle avait accepté qu'il reste chez l'un de ses copains pour qu'ils aillent ensemble voir un match au stade Chaban – elle aurait été bien incapable de dire de quel match il s'agissait.

Le vendredi, elle ne quittait jamais l'hôpital avant vingt-trois heures, alors il s'était dit qu'il avait le temps. Il avait bu plusieurs bières avec ses copains sur les boulevards, au Xaintrailles. Il était déjà un peu soûl en début de soirée, entouré de ses copains mais aussi de familles entières et de groupes d'amis, de couples, toute la cohue anonyme convergeant vers un stade, avec les cars de CRS, l'attente, les guichets, le jeu, le match et puis cette défaite que Bordeaux avait dû encaisser et dont on s'était consolés en vidant quelques bières supplémentaires. Puis il s'était laissé embarquer dans d'autres bars, avec toujours les mêmes copains et quelques autres. Ce soir-là, il est pris d'une sorte de fièvre ou d'indifférence à ce que sa mère pourra penser ; il n'y pense pas, non, ce n'est pas une forme de révolte contre elle, plutôt un refus d'imaginer les conséquences, comme si depuis des semaines maintenant les choses ne pouvaient se vivre que dans l'énergie du moment, qu'elles soient à prendre comme elles viennent, et qu'importe alors ce qu'il faudra assumer plus tard. L'un de ses copains parle d'une fête à Lacanau, dans la résidence secondaire d'un mec de leur lycée, un type qu'ils ne fréquentent pas, une sorte de bourge comme Samuel et ses copains les méprisent et aiment les emmerder. Alors oui, on y va, on va bien rigoler – et puis cet argument définitif, il y aura cette fille qui est dans sa classe et à qui il ose à peine parler : Viosna.

Il est déjà 23 h 30 quand la voiture quitte Bordeaux en direction de Lacanau. On va mettre la musique à fond, les baffles ne sont pas mal, les basses vibrent jusqu'aux os et résonnent dans tout le corps. Samuel est collé sur le siège arrière – il ne pense jamais que lui aussi pourrait aller devant, non, c'est un privilège qu'il ne pense pas à revendiquer parce qu'il est nouveau dans la bande, on l'appelle encore le Parigot, et dès qu'il fait la gueule on lui renvoie qu'il n'est pas d'ici. La voiture roule de plus en plus vite, le paysage défile sous une lune très haute et très blanche, presque pleine, dans un ciel gris bleuté ; la route est déserte et seule la ligne blanche semble passer en zigzag sous la voiture, comme pour accompagner la musique – des guitares saturées et des batteries qui frappent pendant qu'un type hurle de sa voix d'outre-tombe, dans une langue indéchiffrable tellement il éructe. On n'écoute pas vraiment, on s'abrutit en riant et en se passant des joints, des bouteilles de bière, la route n'est pas si longue, on croise un type qui lâche un long coup de klaxon parce qu'on a failli lui foncer dessus.

Lorsqu'ils arrivent à Lacanau, ils se garent n'importe comment sur le parking pas loin du Kayoc, un endroit dont Samuel se souvient bien, il y venait autrefois avec ses parents, manger des crêpes ou des glaces. C'était comme si le temps qui séparait les deux images avait été coupé en deux par un accident nucléaire, quelque chose comme un tremblement de terre, un tsunami, une catastrophe qui rendrait les deux images à leur différence et les laisserait l'une et l'autre inconciliable. Oui, il revoit ses parents tous les deux, et lui au milieu. Une famille qui vient passer ses étés dans le sud-ouest, où ils retrouveront des copains à Hossegor et puis d'autres amis, plus bas, dans le Gers, à Projan. De tout ça il a d'excellents souvenirs. Mais il ne peut pas imaginer que cette famille dont il se souvient a été la sienne. Il ne peut pas imaginer sa mère et son père se tenant par la taille ; ou que sa mère a été cette femme heureuse, enfin, qui lui donnait l'impression de l'être, c'est-à-dire d'être juste normale, sans passer son temps comme maintenant, soit à s'enfuir dans le boulot, soit enfermée à la maison dans son peignoir gris miteux, à regarder sa putain de télé, fumant des clopes et buvant des bières à longueur de journée comme dans un vieux et déprimant film français réaliste.

L'image se dilue dans le froid glacé de cette nuit de fin mars. Le vent fouette les visages et projette de minuscules particules d'eau de mer brûlant les yeux et le nez, comme le sable cingle parfois les bras et les mollets en été, quand le vent est fort. Maintenant, comme enroulées aux bourrasques et au son qui tape et résonne au loin, les vagues frappent la plage, et la masse épaisse et sans grâce des rouleaux retombe et s'écrase comme de gros sacs qui explosent sur le sol. Mais on ne s'attarde pas, les trois copains courent et crient, le vent couvre leur voix. La musique qui vient d'une des maisons les attend, elle les attire, la lumière qu'ils aperçoivent bientôt aussi, une belle maison de bord de mer, luxueuse et vaste, plongée dans le bruit et la lumière d'une fête d'adolescents en l'absence de leurs parents.

8

Ce soir-là, une femme d'une trentaine d'années marche précipitamment dans un couloir d'hôpital. Elle attache sa blouse avec des gestes désordonnés, elle est en retard, et lorsqu'elle arrive à l'accueil du neuvième étage, elle est essoufflée. Elle passe derrière le comptoir et se jette sur la porte, quelques mètres plus loin.

– Sibylle ?

Sibylle est en blouse, debout, penchée sur le bureau où elle est en train d'écrire. Elle a l'air fatigué, elle est pâle, ses cheveux sont châtains mais comme elle se fait faire des mèches blondes, ils devraient paraître plus clairs. Sauf que non, elle a toujours l'air d'avoir les cheveux sales ou éteints, pourtant elle les lave tous les jours. Elle sait très bien qu'en ce moment ça ne va pas trop, elle se trouve une tête affreuse, c'est parce qu'elle fume trop. La fille s'excuse d'être en retard, elle prend n'importe quel prétexte, sa fille malade, mais Sibylle ne l'écoute pas, ce n'est pas grave ; elle, personne ne l'attend.

Lorsqu'elle rentre chez elle, Sibylle traverse le couloir et le salon sans plus rien voir – ni les murs ni le parquet et les cartons qui traînent, les livres sur l'énorme bibliothèque dans l'entrée, ni les livres d'art sur celle, moins imposante, dans le salon, ni les fringues sur la grande chaise en bois, les imperméables et les blousons sur le portemanteau, les chaussures sous le buffet dans le couloir. Des bibelots, des photos, des affiches. Elle laisse tomber son sac sur le parquet, retire son manteau et va dans la cuisine. Elle ouvre le robinet et boit directement au filet d'eau. Elle longe le couloir et s'arrête près de la chambre de Samuel. Elle hésite à frapper, puis non, se reprend, glisse la main vers la poignée, ouvre lentement : la chambre est vide.

Elle revient dans le salon, regarde l'heure : 0 h 42.

Elle s'assied, se relève, prend son téléphone, rien. Elle le pose à côté d'elle, prend son paquet de cigarettes, fume. Elle finit par reprendre le téléphone, elle appelle.

9

Malgré la musique à fond, Samuel sent le téléphone qui vibre dans sa poche. Il le prend, regarde, le range ostensiblement, il capte le sourire moqueur d'un de ses copains. Oui, évidemment, c'est sa mère. Il se sent rougir, il esquive en balançant n'importe quelle vanne et s'empiffre d'une poignée de cacahuètes. L'un des deux potes avec qui il est venu en voiture lui annonce que Viosna est bien ici, c'est sûr, elle est dans la salle de bains. Ils traversent tous les deux le salon, longent un couloir, vont marcher à travers plusieurs pièces et arrivent devant la porte d'une salle de bains très grande, bondée de filles qui finissent de se maquiller. Lorsque les deux garçons veulent entrer, une fille à la voix trop aiguë se met à crier en leur interdisant l'accès. Elle leur ferme la porte au nez, mais Samuel a le temps d'apercevoir Viosna penchée au-dessus d'un lavabo, en train de se mettre du rouge à lèvres. Elle ne le voit pas, elle est terriblement sexy. Il en perdrait tous ses moyens, c'est sûr, mais voilà, la porte se ferme et c'est déjà fini.

Plus tard, Viosna danse avec ses copines. Elles sont entourées de garçons qui les regardent, font des tentatives d'approche. Samuel et ses deux copains les regardent de plus loin. Ils détonnent un peu. Ils ont l'air vaguement de skinheads, quelque chose d'approchant, mais ils sont sans doute trop maigres, quelque chose ne fait pas vraiment peur dans leur façon d'être, même s'ils sont différents de cette bande de lycéens, tous des petits bourgeois du centre-ville de Bordeaux, des fils à papa. Samuel et ses copains sont un peu les voyous de la soirée, ils feront tout pour ne pas démériter. Ils boivent et fument beaucoup, se font un point d'honneur à vider la cuisine de ce qui se mange et se boit – hors de question d'être venu et de laisser quelque chose de comestible à ces rapiats de bourgeois.

Finalement, l'un des copains de Samuel se dirige vers Viosna et se fait une place à coup d'épaules et de coudes, les petits morveux qui auront leur bac sans difficulté ne font pas de difficultés non plus pour céder leur place. Le type approche de Viosna, lui adresse la parole. Il est le plus vieux, l'un des seuls à conduire. Il lui parle, elle ne l'entend pas à cause de la musique, alors elle arrête de danser. Elle l'écoute, et bientôt elle commence à rire. Samuel et l'autre copain regardent ça sans rien faire. Et puis ils assistent au moment où Viosna se laisse entraîner. Elle a dansé, elle a ri, ils ont bu. Maintenant le couple monte à l'étage. Entre-temps, Samuel et l'autre ont squatté la cuisine, ils ont vidé des bouteilles, sont revenus au salon, ont balancé des mégots sur les tapis, brûlé plus ou moins volontairement le cuir d'un canapé. Lorsqu'ils reviennent vers la piste de danse, le couple n'est plus là, Samuel et son pote décident de monter pour le retrouver. L'étage est vaste. Presque personne. La musique s'engouffre dans la maison, elle vibre de partout et s'étouffe toujours un peu plus, au fur et à mesure qu'on s'éloigne, traversant le couloir et laissant les pièces, chambres, salle de bains, buanderie, chiottes, bureau, les unes après les autres, et enfin, la chambre des parents.

Le couple est debout à l'autre bout de la chambre. Viosna, adossée à la fenêtre, le type est face à elle, serré contre elle, il est en train de l'embrasser dans le cou, ses mains lui pelotent les fesses. Viosna sursaute quand elle voit les deux autres entrer dans la chambre et se met à gueuler lorsqu'elle comprend qu'ils n'ont pas l'intention de repartir.

Qu'est-ce que vous foutez là ? Barrez-vous !

Mais lorsque l'autre se retourne pour regarder ses deux copains, il ne leur demande pas de partir. La situation le fait rire, surtout lorsque l'autre copain approche et veut les rejoindre contre la fenêtre. Samuel, lui, reste collé à la porte, il n'ose pas avancer. Il ne peut pas. Il se contente de voir comment son pote rejoint le couple, comment la fille essaie de se dégager et comment elle se met à gueuler de plus en plus fort, sa voix au départ presque amusée, incrédule, puis troublée, tremblante quand les deux gars la touchent, quand le deuxième pose la main sur son sein, et puis agacée, comme brûlée lorsqu'elle fait dégager sa main en se débattant. Mais le premier rit encore davantage et ne la défend pas, non, il s'étonne et s'offusque maintenant, qu'est-ce que ça peut lui foutre, à cette petite conne, qu'on soit deux ou trois à la tripoter, hein ? Tu aimes ça ?

Samuel regarde et n'ose pas avancer. Il n'ose toujours pas. Il ne sait pas pourquoi, enfin si, il sait, c'est qu'il aimerait bien être à la place des deux autres garçons, mais aussi qu'il aimerait être seul avec Viosna et, ce qui se passe, il le regarde en se mettant à rire. Il rit de plus en plus fort et allume une clope en tremblant, et pendant ce temps où il cherche un briquet, ses clopes, pendant qu'il regarde sa cigarette, il ne voit pas vraiment ce qui se passe. La voix de son copain résonne à ses oreilles, il n'ose plus lever les yeux. Il entend, allez, sois pas conne, qu'est-ce que ça peut te foutre, on s'amuse, on rigole, et elle, dont la voix devient plus forte, crie, supplie, mais l'un des deux types gueule plus fort encore, Sam ! Sam ! Ferme cette putain de porte, merde !

D'un coup de pied, sans réfléchir, Sam ferme la porte. Maintenant, il rit et regarde au plafond – il est trop soûl –, il pense à sa mère qui doit l'attendre, il pense au Kayoc où l'on buvait du Coca-Cola en été, il pense qu'il va se faire engueuler demain et dans sa tête les souvenirs et les images tournent mais soudain il sursaute à cause des claques, des gifles, des halètements, des murmures, des bruits de vêtements qu'on déchire, des corps qui s'agrippent, craquent, la voix bâillonnée de la fille et puis un cri plus fort et Viosna qui se libère, se jette sur Samuel, pousse-toi ! Arrache-toi, connard ! Et il ne sait pas comment ça arrive, voilà, elle le bouscule, le griffe au visage, il est surpris, il voudrait la retenir et lui dire que ce n'est pas grave, il ne peut pas, les mecs ordonnent, s'agacent, retiens-là ! Mais retiens-là, trouduc ! Alors elle sort et elle crie, bientôt la fête va s'arrêter, ils vont tous s'étonner, se mettre en colère, avoir peur, crier encore, s'énerver, hurler, parlementer, les lumières vont s'allumer, la musique s'arrêter, et la soirée sera terminée.

10

Maintenant l'horloge indique 3 h 20. Sibylle regarde une série américaine en fumant. Elle zappe, les images la laissent indifférente et ne s'impriment pas sur sa rétine ni dans son cerveau. Elle va éteindre sa cigarette dans la cuisine, sous l'eau du robinet. Elle n'arrive pas à le fermer, l'eau goutte, elle insiste, c'est impossible. Eh merde ! dit-elle en se jetant sur le téléphone. Elle fait le numéro, en attendant une réponse elle attrape la télécommande pour éteindre la télévision. Le noir sur l'écran, et puis la sonnerie dans l'oreille, la voix de Samuel, sa messagerie, le bip et soudain sa voix à elle qui tremble et résonne dans la pièce. Elle se penche vers la fenêtre et regarde dehors, et soudain elle est furieuse, elle crie qu'elle est morte d'angoisse et que s'il ne rappelle pas elle sera obligée d'appeler les flics, les pompiers, les hôpitaux. Il faut qu'il réponde, qu'il appelle, qu'il donne un signe et au lieu de ça c'est toujours seulement sa voix à elle qu'elle entend, sa voix qui se met à rire d'un rire amer et perdu, frémissant de haine, de rage, et puis le flot qui vire à l'injure.

Cette sensation de vide à l'intérieur d'elle-même, cette honte qui la dévaste d'avoir succombé à sa colère. Elle laisse tomber le téléphone sur la table du salon, elle sait qu'il ne rappellera pas. Qui aurait envie de rappeler une femme comme elle ? Une femme capable de laisser un message aussi pathétique ? Ses cheveux longs toujours tristes et ternes, son visage défait qui vieillit si vite à cause du tabac. Est-ce qu'elle est devenue alcoolique, est-ce qu'elle va finir de tomber, comme elle voit que son fils est en train de tomber ? Elle aussi ? Est-ce qu'elle ne peut rien faire ? Est-ce qu'elle ne veut rien faire, qu'elle veut juste fermer les yeux et attendre que tout finisse ? Pour elle ? Pour lui ? Est-ce qu'elle lui en veut aussi de se laisser couler et de l'entraîner avec lui ? À moins que ce soit elle qui coule et entraîne son fils avec elle ? Est-ce qu'elle lui en veut, à lui, de ce qui n'arrive qu'à elle ? Faut-il que son fils soit comme son père et qu'il la considère si peu pour qu'elle en soit là, pitoyable, honteuse d'elle-même et sans perspective, sans avenir, en pleine nuit, dévastée, la main crispée sur le nœud de la ceinture de sa robe de chambre, meurtrie et si seule ?

Elle se dit qu'elle va appeler les hôpitaux ou les pompiers, pas encore la police. Elle reprend le téléphone, le regarde, regarde encore le cadran de la pendule, non, la réponse n'est pas écrite sur les aiguilles de cette vieille horloge Ikea qu'elle se traîne depuis des années. Alors il faut attendre. Elle doit se raisonner, ne plus sursauter au moindre bruit dans la rue, dans l'escalier, dans le couloir, et soudain elle repense à ce professeur de maths qui la terrorisait quand elle était gosse – pourquoi elle repense à ça ? –, sa blouse bleue fermée sur un ventre proéminent, son teint rouge, ses cheveux courts très blancs et sa voix doucereuse, l'odeur de craie, du fuel dans la petite salle de classe préfabriquée, l'odeur du plancher, la sciure de bois, et sa terreur à elle devant le tableau noir, non, mademoiselle, la réponse n'est pas écrite sur le tableau.

Alors quand le téléphone sonne, c'est comme si tout dans l'appartement, dans l'immeuble même, se mettait à craquer. Sibylle est recroquevillée dans le vieux fauteuil club près de la fenêtre. Elle se réveille en sursaut – oui, elle a dormi, c'est comme ça qu'elle en prend conscience, dans la violence du sursaut. Elle se redresse et se jette sur son téléphone.

11

Elle reste sidérée, les larmes aux yeux. Elle laisse retomber le téléphone sur la table, elle ne sait pas au fond si elle est en colère ou rassurée de savoir Samuel vivant et en bonne santé, si elle aurait préféré qu'il se soit cassé un bras pour lui apprendre à risquer sa vie ou celle des autres, et elle rumine quelques heures, sans plus prêter attention aux fêtards qui passent encore à côté de sa rue, les couche-tard qui rentrent dans l'immeuble. C'est comme si elle n'entendait rien, maintenant elle sait qu'il ne viendra pas tout de suite, elle devra aller le chercher à la gendarmerie de Lacanau dès le matin.

Comment il s'est retrouvé là, qu'est-ce qu'elle peut faire ? Elle prend une douche, elle sait que ce n'est même pas la peine d'essayer de dormir. Le bruit de l'eau semble très fort, l'eau la blesse, les petits *plocs* sont comme des pointes sur sa peau, mais la chaleur lui fait du bien, l'eau brûlante gifle et secoue. Elle ferme les yeux – comment imaginer son fils dans une cellule, elle qui ne sait même pas à quoi ça ressemble ?

Lorsque Sibylle arrive à Lacanau, elle reste longtemps avant de sortir de sa voiture. Elle regarde sa montre, il est encore tôt. Elle décide d'aller jusqu'à la mer, elle veut regarder la brume qui flotte sur l'horizon, ce ciel brouillé où des lambeaux de rose et de bleu se dilatent autour d'un soleil blanc, vaporeux, sans forme bien dessinée. Elle regarde ça en fumant, le froid la saisit et elle ne sait pas si cette sensation est bonne ou mauvaise, peu importe, le froid l'électrise. Elle regarde les vagues et l'écume molle et irisée qui s'abat sur l'estran. Sibylle laisse ses yeux flotter sur ce spectacle auquel elle aimerait demander davantage qu'un simple réconfort, un peu d'oubli peut-être, de sérénité, la capacité à rassembler son esprit et ses forces, son intelligence, toutes ses capacités qu'elle a eues il y a si longtemps et qui lui semblent perdues, comme si aujourd'hui plus rien n'arrivait à se mobiliser et à se ressaisir en elle. Elle essaie d'étouffer un sanglot qui la prend en traître, une bouffée qui remonte d'elle ne sait pas où. Elle jette son mégot et sans prendre le temps de l'écraser elle quitte la plage trop froide et retourne dans sa voiture.

Elle prend son téléphone et compose un numéro. Elle reprend son souffle, retient sa respiration pendant que la tonalité résonne à son oreille, puis une voix et un bip, Benoît, je ne t'ai rien demandé depuis qu'on est partis, mais maintenant il faut que tu viennes, il faut aider Samuel, il a besoin de nous, on ne peut pas ne rien faire.

Même si elle n'a pas voulu voir, elle sait que ce soir il vient de se passer quelque chose : on ne peut plus laisser Samuel. Maintenant, il faut qu'ils comprennent ensemble ce qui s'est passé. Comment depuis des mois il s'est détruit, comment ils l'ont détruit à force d'indifférence, ou d'aveuglement, car ils ont été aveugles à tout ce qui n'était pas leur guerre, à tout ce qui n'était pas eux et chacun a été responsable de ce qui arrive ce matin. Samuel a été leur victime collatérale et pas une seule fois il ne s'est plaint de ce qu'il a entendu, les cris, les reproches, les heures de silence résigné de sa mère, la violence de son père – et puis il a accepté le divorce, la séparation, son père qu'il verrait un week-end sur deux et pendant les vacances, son père qui resterait à Paris pendant que Sibylle et lui iraient emménager dans un appartement à Bordeaux, dans cette rue ironiquement appelée rue du Soleil et qui est si peu large que le soleil semble ne jamais y glisser un rayon.

En raccrochant, elle se demande si elle a bien fait. Revoir Benoît. La dernière fois, c'était au moment où l'on s'était séparés à la sortie du tribunal, et ça n'avait pas été facile. Non pas que Sibylle regrette sa décision de quitter Benoît – pas après ce qui était arrivé, et qu'aucune femme ou qu'aucun homme n'aurait pu accepter, ça, c'était impossible, elle n'avait jamais de regret sur ça, et même, parfois, la colère, la stupeur la prenaient : comment un homme pouvait avoir fait *ça* et continuer à vivre si... tranquillement ?

Ce qui avait été difficile, ça avait été de débarquer avec son fils dans une ville où elle croyait connaître des gens avant de s'apercevoir que c'était plutôt son mari qu'ils connaissaient, pas elle. Pour eux, elle était une femme fragile et dépressive, gentille aussi, qui travaillait dans un hôpital mais n'avait jamais rien réussi des grandes ambitions qu'elle avait eues – elle avait un peu tout raté, non ?

12

Lorsqu'ils sortent de la gendarmerie, une heure a passé. On a reçu Sibylle, on lui a raconté ce qui était arrivé pendant la nuit. Elle pourrait être en colère, elle l'est, mais elle est d'abord consternée, comme si sa colère était enterrée sous l'affliction et le découragement. Elle ne sait pas ce que c'est de passer une nuit dans une cellule – la couverture rêche, les lacets et la ceinture qu'on a enlevés, l'impression des pieds qui flottent dans les chaussures et le pantalon qui tient lâchement autour de la taille, un compagnon de cellule qui veut absolument raconter son histoire et infeste tout l'espace de son haleine alcoolisée, le sommeil fragile qui ne sera suspendu que parce qu'un torticolis atroce vous en fait sortir. Non, elle ne sait pas tout ça.

Elle sait juste son fils qui apparaît devant elle, à qui elle ne se sent pas capable de dire un mot.

Une grande bouffée d'air marin les accueille.

Elle marche devant lui sans se retourner et ouvre les portières. Elle s'immobilise, Samuel s'est arrêté lui aussi, quelques mètres derrière elle. Il attend quelques secondes, comme s'il hésitait, qu'il réfléchissait et plutôt que de faire le tour pour venir s'asseoir à côté de sa mère, il monte derrière elle et ferme la portière. Elle a juste le temps de penser, oui, c'est ça, je vais faire le taxi de monsieur, mais elle ne dit rien, et lui attend, il sait que ça va venir – il l'entend déjà, il la connaît suffisamment pour savoir que ça va venir, sa violence quand elle va éclater de rire, les mots cinglants, le regard assassin. Il les attend. Et c'est pour ça qu'il ne veut pas s'asseoir à côté d'elle et qu'il choisit de s'installer sur la banquette arrière, pour pouvoir fermer les yeux, serrer les mâchoires, se dire qu'il va regarder dehors et se noyer dans le défilement du paysage plutôt que d'écouter sa mère ou voir ses doigts qui tambourinent sur le volant, ses mouvements fébriles, la bouche, les lèvres pincées, ses yeux qui se plissent, sa façon trop lourde de respirer, de faire semblant peut-être de dédramatiser et de sourire, de dire, allez, viens, on va prendre un petit déjeuner.

Bientôt il somnole, il oublie presque sa mère, et il essaie de résister au sommeil. Ses paupières trop lourdes tombent, il lutte pour les maintenir ouvertes et laisser la lumière du matin entrer dans ses yeux, les brûler, les tenir éveillés ; il se redresse et puis retombe, la nuque roule, la tête penche sur le haut du dossier, il est en train de s'endormir et bientôt son corps se relâche entièrement quand soudain la voix de sa mère le réveille. Il se dresse, ses yeux s'ouvrent grands, sa mère dans le rétroviseur intérieur, juste au-dessus du sapin en carton qui diffuse dans la voiture une vague odeur de résineux qui camoufle à peine le tabac froid.

– Samuel, je te parle. Tu crois que je ne vais rien dire ? Tu crois qu'il ne va rien se passer ? Tu crois que tu peux tout te permettre ? Maintenant mon bébé va pouvoir faire sa sieste tranquillement et je vais aller te border dans ton lit ? Tu crois que ça va aller où cette histoire ? Tu sais ce qu'ils m'ont dit les flics ? Pourquoi tu ne m'as pas laissé de message ? C'était bon de savoir que j'étais comme une conne à t'attendre ? Je peux savoir, non ? Comment tu t'es retrouvé dans cette histoire ? C'est qui, tes copains ? J'attends que tu me parles. Je ne lâcherai pas, je ne vais pas lâcher. J'ai appelé ton père, je veux qu'il vienne, on ne peut pas laisser les choses comme ça. Réponds-moi quand je te parle. Regarde-moi, c'est tes copains, ces mecs-là ? Tu trouves ça normal d'agresser une fille ?

– C'est qu'une pute.

– Qu'est-ce que tu dis ?

– Une pute.
– Tais-toi, ça suffit.
– Je m'en fous.
– De quoi ?
– Tout. Les flics, toi, cette pute. Je m'en fous.
– Tu arrêtes de parler comme ça.
– J'ai envie de gerber.
– Tu attendras.
– Va moins vite.
– Je vais pas vite.
– Je suis pas bien.
– Tu te rends compte, est-ce que tu te rends compte ?
– J'ai rien fait.
– T'étais avec eux.
– Ralentis, putain. Arrête-toi, arrête-toi !

13

La voiture ralentit, le clignotant sur la droite. Elle dévie légèrement vers la bordure, sur l'herbe. La voiture s'arrête et Samuel descend en courant vers le fossé, les mains devant la bouche, il se penche et se met à vomir. Il a laissé sa portière ouverte et quand Sibylle sort à son tour, elle la referme en la claquant ; elle arrive vers son fils qui cherche un mouchoir dans ses poches. Il n'en trouve pas, il suffoque, crache, elle entend qu'il pleure. Elle repart vers la voiture et ouvre la portière passager, saisit son sac et sort un paquet de mouchoirs ; elle lui tend le paquet mais lui ne voit pas le geste qu'elle fait. Elle est obligée d'insister, d'approcher, de toucher son épaule, et quand il comprend il se retourne et prend le paquet sans un regard pour elle. De rares voitures passent très près d'eux, mais ils ne bougent pas, ni l'un ni l'autre. Elle voudrait dire quelque chose, mais qu'est-ce qu'elle pourrait dire ? Elle aimerait au moins réussir à capter son regard, même s'il cache ses yeux et qu'il a honte de pleurer devant sa mère, de s'avilir à se pencher et que se traîner comme ça, livide, tremblant, le fout hors de lui.

Les mouchoirs tombent à ses pieds, pleins de morve, de vomi, de larmes, et il ne regarde pas. Mais lorsqu'il sent la main de sa mère sur son épaule, c'est comme une décharge électrique et il n'entend pas la voix de Sibylle qui lui demande de revenir dans la voiture, de rentrer au chaud, il n'entend pas sa voix qui se veut douce et aimante lorsqu'elle répète Samuel, Samuel, comme lorsqu'il était enfant et qu'il était inconsolable parce qu'il perdait trop vite à une compétition de judo ou parce qu'une fois un cheval l'avait désarçonné et qu'il s'était senti humilié devant son père et sa mère. Samuel, Samuel. Cette fois il n'entend pas la voix qui se perd dans le froid du petit matin, il ressent juste ce geste, une main sur son épaule, et c'est comme une brûlure et alors il se dégage et se retourne et sa main devient un poing et son avant-bras se jette et puis s'arrête en vol – sa mère pétrifiée, son regard pétrifié et le geste de Samuel aussi, pétrifié, suspendu, en attente, sidéré de lui-même.

Le bras retombe. Impossible de soutenir le regard de sa mère.

Alors Samuel se met à courir de toutes ses forces, avec tout ce qui lui en reste, il part droit devant, risquant de tomber dans le fossé mais ne tombant pas, titubant pourtant sous l'ombre des pins et les pieds dans l'herbe mouillée, ses pieds et ses bas de pantalon qui seront bientôt complètement trempés. Il court, vacille, se penche pour consolider son équilibre, et Sibylle se ressaisit, elle sort de sa sidération et lui crie de revenir, mais il ne répond pas, rien, des râles qu'elle perçoit, un souffle qui doit lui déchirer la poitrine et la gorge, de plus en plus lointain. Alors elle remonte dans sa voiture.

Putain bordel c'est pas vrai.

Elle a oublié de desserrer le frein à main, grognement mécanique, le moteur grince, la voiture cale, le moteur se tait. Elle redémarre. Une voiture passe à côté d'elle, très vite, elle sursaute parce qu'elle a oublié de regarder dans le rétroviseur. Maintenant la voiture roule au pas, sur le bas-côté, mordant l'asphalte par les roues gauches et l'herbe encore par celles de droite ; elle attend de reprendre la route, puis non, elle continue comme ça, elle accélère, feux de détresse, Samuel a continué, il est loin – étonnamment loin, se dit-elle.

Mais il ne court plus, il marche. Dans quelques secondes il apparaîtra dans la vitre de droite ; elle l'ouvre. Ça y est, elle est à la même hauteur, la vitre est ouverte et elle l'appelle, mais lui ne répond pas. Il accélère, penché, comme s'il avait un énorme sac à dos sur les épaules, mais non, il n'a rien que son obstination et sa fatigue, les yeux fixés quelque part au loin, et il avance sans rien dire quand elle lui demande de monter, de la regarder, de lui répondre, quand elle finit par gueuler, par supplier, mais non, il marche le souffle lourd, obstiné, buté, et Sibylle se dit qu'elle le connaît par cœur et pourtant elle continue, sa voix se perd dans le vide, Sam, monte, c'est dangereux, monte je te dis, ça suffit, et lui n'entend rien et semble s'écarter davantage encore sur la droite, presque dans le fossé, il fait froid et pourtant elle peut voir que son front brille de sueur, ses joues rougies et soudain Sibylle accélère et klaxonne et en deux secondes à peine elle tourne sur la droite et bouche le passage de Samuel – il s'arrête et Sibylle sort de la voiture à toute vitesse ; elle va ouvrir la portière passager et prend le bras de Samuel et ordonne,

Tu montes ! Tu montes ! Maintenant tu montes !

14

Une sorte de journée dans la brume. Comme ces longs dimanches d'hiver qui s'étendent sans fin jusqu'à la nuit, jusqu'au lundi, comme si le temps s'était arrêté, englué dans l'épaisseur d'un silence qui anesthésie toute chose. Peut-être est-ce dû au fait que lorsqu'ils arrivent chez eux, Sibylle et Samuel n'ont pas échangé un mot et qu'ils ne se parleront pour ainsi dire pas de la journée. D'abord parce que lui va s'effondrer sur son lit et ne se réveillera que vers seize heures – comme si la nuit venait d'imprimer sa marque de lenteur et d'opacité sur cette journée ensoleillée et froide de mars – et ensuite parce que Sibylle restera emmurée dans une réflexion si lointaine qu'elle ne pourrait pas bouger ni parler si elle le devait. Et si pourtant Sibylle se précipitera sur le téléphone quand il sonnera, ce n'est pas pour parler ou demander de l'aide, mais uniquement parce qu'elle veut voir s'afficher sur l'écran le numéro de Benoît.

Depuis ce matin si tôt, il a bien fini par se lever et écouter ses messages, non ? Il aura bien eu le temps de prendre cinq minutes pour ça ? Comment c'est possible qu'il n'ait même pas eu le réflexe de la rappeler tout de suite, sans attendre ? Un père normal voudrait savoir, un père normal ne pourrait pas attendre, il a eu le message, c'est sûr, pourquoi ne l'aurait-il pas eu ? Mais ce mec n'est pas *normal*. Il n'est pas *normal*. Ce n'est quand même pas difficile d'envoyer au moins un SMS pour dire ok j'arrive tout de suite. Elle attend ce coup de fil comme elle a attendu toute la nuit le retour de son fils ; est-ce que ce sont toujours les femmes qui attendent ? Son paquet de cigarettes se vide, le cendrier se remplit.

L'horloge dans la cuisine indique 11 h 20. La lumière du matin entre dans l'appartement et glisse sur la table du salon, sur le mur en face.

Sibylle boit un thé en serrant fort le mug. Elle a l'air épuisé et regarde un instant par la fenêtre – dans un ciel sans nuage, d'une luminosité froide et franche, des mouettes planent et disparaissent derrière les toits. Puis Sibylle se retourne, pose son mug sur la table, revient fermer la fenêtre. Elle traverse le salon, le couloir, elle arrive devant la chambre de Samuel ; lentement, doucement elle se penche sur la porte. Elle pose son oreille et sa joue contre le panneau de bois, elle écoute comme on écouterait un cœur qui bat sur un torse. Elle entre en gardant la main sur la poignée et jette un œil – d'abord le relent d'alcool, les fringues qui puent le tabac, il faudra ouvrir la chambre en grand. Mais surtout, elle regarde son fils. Il dort, recroquevillé en chien de fusil, ou en cuiller, elle ne sait plus l'expression exacte, les expressions qu'elle connaissait par cœur lorsqu'elle était plus jeune se sont toutes plus ou moins évaporées de son vocabulaire, ça aussi s'est appauvri en elle.

Il dort, il est beau, et l'enfant qu'il était, le bébé qu'il était est toujours là, elle le voit dans son profil.

Alors elle referme la porte, reprend sa respiration ; pendant quelques secondes elle ne sait pas si son cerveau est en train de travailler, si elle réfléchit, si elle est tout entière tendue vers une réflexion qui l'immobiliserait – car un instant elle ne peut pas bouger. Et puis soudain au contraire le corps s'emballe, est-ce que c'est à cause de ce silence dans le matin, de son fils qui dort ? Elle se met à bouger vite, le parquet grince, Sibylle entend distinctement sa voix qui dit *oui*, le répète, et elle se précipite et allume le plafonnier dans le couloir – une lumière jaune pâle qui n'éclaire pas bien mais qui soudain dévoile les cartons encore pleins de livres et ceux qui sont restés entassés, le vieux kilim élimé jusqu'à la corde et les livres non rangés, les tableaux, les lithos qui font face à la bibliothèque. Et puis les livres, donc. La bibliothèque sur laquelle Sibylle se précipite. Elle ne cherche pas longtemps, elle sait où elle va trouver, prend un livre, puis tire un carton vers elle, se penche, l'ouvre et fouille, non, elle ne trouve rien, remet le carton et prend l'escabeau qui est contre le mur. Elle grimpe et tend son bras en haut de l'étagère : cette fois elle trouve.

Elle a trois livres entre les mains, elle va dans sa chambre et les jette sur le lit.

L'agitation continue, quelques allers et retours encore, bibliothèque, couloir, chambre, et sur le lit des lettres, des prospectus, des papiers qui rejoignent les livres. Sibylle ne voit pas qu'elle est presque en train de courir lorsqu'elle revient une dernière fois dans sa chambre. Elle se voit à peine se précipiter vers son bureau. Elle ouvre un tiroir, fouille, ne trouve pas, elle essaie de se calmer – quelques secondes elle tente de retenir l'excitation qui court dans ses mains, l'exaltation de tout son corps. Alors elle attend. Puis reprend. Ouvre un autre tiroir. Elle s'étonne de la violence de son geste, de sa maladresse, de ce qu'elle ne se corrige pas. Au contraire, les doigts fouillent, dérangent, déplacent, enfin trouvent un calepin noir – celui en moleskine des vieux numéros de téléphone – elle sait ce qu'elle cherche. Elle tourne les pages frénétiquement puis est obligée de revenir, elle poursuit toutes les lignes, les numéros raturés, les noms qui ne lui disent plus rien, et puis elle s'arrête, ça y est, elle y est : elle prend le téléphone à côté de l'ordinateur, elle passe ses doigts sur ses lèvres trop sèches, pendant que de l'autre main les doigts écrasent bien fort le papier pour maintenir le calepin ouvert.

Elle ferme les yeux, numérotation, sonnerie, une femme à l'autre bout, et Sibylle qui improvise une voix enjouée, souriante, détachée et légère, bonjour madame Fournier, c'est Sibylle /... / Oui, oui, la petite voisine, oui, c'est ça, la fille de Vadim /... / Oui, longtemps, tellement longtemps, c'est vrai. /... / Le petit ? Il est grand vous savez /... / Seize, oui, ça pousse vite /... / Mon mari ? On est divorcés maintenant, mais il va bien je /... / non ne soyez pas désolée, vous n'y pouvez rien /... / Et Sibylle commence à dessiner avec un stylo à bille bleu, sur une feuille de papier qui sera bientôt recouverte de chevaux, de montagnes, d'yeux géants. Elle appuie très fort, des arabesques naissent et les formes s'enlacent, s'enchevêtrent, des ombres, des rivières et des formes géométriques, cubes, sphères qui flottent au-dessus du vide. Oui, je voudrais parler à votre mari, merci, merci oui /... / Bonjour monsieur Fournier, oui, c'est Sibylle, /... / Oui ça me ferait tellement plaisir de revenir, de revoir la maison /... / mais c'est trop loin, avec le travail, je /... / Écoutez, je ne peux pas vous parler trop longtemps. Vous savez, à la mort de maman, quand je vous ai dit que je ne vendrais pas la maison, vous m'avez dit que si je changeais d'avis vous seriez prêt /... / Oui, voilà, j'ai changé d'avis. Je veux vendre /... / Non, non, rien de grave, j'ai un projet, besoin d'argent, vous comprenez, on peut se voir ? Oui ?

15

Samuel regarde son radio-réveil, 16 h 03. Il se lève et va ouvrir le volet – la lumière du jour lui éclate au visage, il ferme les yeux et repousse le volet. Il s'assied à son bureau, sa chaise roule et il veut la stabiliser, alors il pose ses avant-bras sur le bureau. Maintenant sa tête tient dans ses mains ; il somnole et pourtant il se décide à activer son ordinateur pour regarder s'il a des messages, oui, il s'attarde devant l'écran, puis il prend son casque et revient vers son lit, se laisse tomber. Il regarde le plafond et les premières notes d'une chanson de David Bowie viennent lui remplir le cerveau – quelque chose enfin pour combler ce vide douloureux qu'il ressent dans sa tête, dans les articulations, quelque chose pour consolider le rythme de sa respiration dans sa poitrine, putain, merde, qu'est-ce que je vais foutre maintenant ?

Alors il va sortir de sa chambre, la musique à fond sur les oreilles comme pour se protéger, comme s'il ne sortait pas tout à fait de sa chambre parce que la musique lui offrait une protection. Alors vite, aller pisser, se laver, se changer, foutre ses fringues au sale, et c'est comme si David Bowie et lui allaient affronter tous les deux le couloir, qu'ils allaient ensemble traverser le salon et avancer vers la cuisine. Sur la table du salon, il aura le temps de jeter un regard – furtif mais suffisamment précis malgré tout pour réussir à lire sur les couvertures des livres et des magazines, un *Guide du routard*, un *Petit Futé*, des images de chevaux et puis le froid qui vient de la fenêtre ouverte, putain, ça caille, qu'est-ce qu'elle fout encore ?

16

Lorsqu'il arrive dans la cuisine, il aperçoit Sibylle, de dos, penchée sur l'évier. L'eau coule du robinet, Samuel ne l'entend pas mais voit le débit puissant et les mains de sa mère qui lavent des légumes – carottes, navets, patates. Sur la table de la cuisine, des épluchures, une passoire, un économe sale.

Sibylle ferme le robinet ; elle serre les poignées à fond mais le goutte à goutte persiste. Elle essaie de les fermer mieux, elle insiste, les doigts mouillés, mais n'y parvient pas. Elle se maudit encore de ne pas avoir pris le temps de le changer, ce putain de robinet. Parfois elle a l'impression que des choses aussi ridicules la rendront folle, qu'elles sont aussi importantes et plus perverses encore qu'un mari dont il faut divorcer parce qu'il y a suffisamment de raisons pour ça. Et maintenant elle serait prête à fracasser le robinet à coups de pierre – elle pense à une pierre plate et grise, granuleuse, qu'elle a depuis longtemps et qu'elle garde comme presse-papier. Mais la pierre est trop loin, quelque part sur son bureau, dans sa chambre. Il aurait suffi d'aller dans n'importe quel magasin, qu'elle prenne le temps de le faire, elle le sait, c'est de sa faute. D'ailleurs tout ce qu'elle ne fait pas dans cet appartement, tout ce qui attend, les choses n'y sont pour rien, c'est elle seule qui est responsable.

Soudain elle perçoit un bruit – la porte du frigo qu'on ouvre et qu'on referme, des glissements de pieds sur le carrelage et ce bruit strident de la musique qui vient d'un casque. Elle se retourne, Samuel est là. Il ne la regarde pas, sa tête balance pour marquer le rythme de la musique. Il ferme les yeux, absorbé, il en fait trop, se dit-elle, simplement pour la provoquer et ne pas l'affronter vraiment. Il tient une bouteille de Coca dans la main et déjà il est en train de repartir vers sa chambre.

Samuel ?

Pas de réponse.

Samuel !

Pas de réponse. Mouvement. Samuel de dos qui n'entend pas, qui marche vers sa chambre. Sibylle qui le suit, accélère.

Sam !

Pas de réponse.

Sam !

Le grésillement dans les écouteurs comme des insectes qui envahissent l'espace et les pas, le déhanchement de Samuel, son dos légèrement voûté – il a grandi très vite ces derniers mois, combien en un an ? Elle n'a pas le temps de le penser, d'y réfléchir, le corps de son fils, devant elle, elle le voit comme une masse molle et douloureuse. Sa marche agressive, maladroite, à la fois puissante et pourtant complètement désordonnée, comme une machine mal réglée dont elle se surprend parfois à éprouver une sorte de – non, ça ne va pas jusqu'à la honte, mais une sensation d'embarras, de gêne devant ce corps en pleine puberté, l'adolescence avec sa maladresse et cette raideur un peu idiote, ce corps d'adulte qui veut naître, qui veut s'extraire d'un corps trop étroit.

Sam ! Écoute-moi !

Mais Samuel entre dans sa chambre. Elle ne sait pas s'il ne l'a pas entendue ou s'il a choisi de ne pas l'écouter, mais au moment où il va fermer la porte Sibylle se jette sur le panneau, paume à plat, le son du bois qui claque, *pam* !, comme une claque sur la joue.

Tu enlèves tes écouteurs, Sam.

Il le fait lentement, à contrecœur, elle le voit. Mais il le fait. Ça grésille encore, elle lui demande de couper le son. Elle essaie de prendre sur elle, ça ne sert à rien de s'énerver, elle veut lui parler. Elle veut lui dire qu'elle a pris des décisions, que pendant qu'il dormait, elle a réfléchi. Elle voudrait lui dire, mais elle ne sait pas comment ni par quoi commencer. Elle reste un instant face à lui, muette, les mains esquissent peut-être un mouvement. Un sourire s'est dessiné et Samuel a pu voir, dans son regard, comme un espoir, de la joie, mais il n'y croit pas vraiment. Il n'y a aucune raison pour que sa mère vienne vers lui en souriant – il sait qu'elle est capable de trucs étranges, mais là, non, c'est impossible. Sauf que si. Elle sourit. Elle voudrait lui parler. Elle est émue, il le sent, le comprend. Et il l'entend qui lui murmure, Samuel, Samuel, avec une voix qui vient de très loin, un souffle qui remonte d'on ne sait où et puis quelques mots qui viennent, où elle lui parle de confiance. Elle dit quelque chose qu'il ne comprend pas très bien, elle veut lui parler d'une idée, de – non, pas tout de suite, et puis elle attend, elle cherche quelque chose dans son regard à lui, qui ne vient pas. Il est gêné, il baisse les yeux. Et puis,

Play.

La musique reprend. Grésillement. Mouvement.

– Maman, j'ai eu un SMS de papa, il sera là pour dîner.

– Quoi ?

Mais Samuel ne répond pas, il se retourne et se jette sur son lit en écoutant la musique et en regardant le plafond.

Sibylle reste là, inerte. Sa tête dodeline sans savoir pourquoi ni pour qui.

– Oui, d'accord, d'accord... Oui, bien sûr, ton père t'a envoyé un SMS.

– Tu peux fermer la porte en sortant ?

17

Il est 20 h 30, la table est mise : trois assiettes, trois serviettes, trois verres, des couverts et du pain, une bouteille d'eau et une autre de vin rouge – un verre à moitié vidé. Elle n'a pas le temps d'y penser vraiment, mais ça lui traverse l'esprit : depuis combien de temps elle n'a pas mis le couvert pour eux trois ? Elle ne veut pas y penser. Elle n'a aucune nostalgie de ce temps où ils vivaient tous les trois, aucun regret de la vie avec Benoît. Si elle regrette quelque chose, c'est uniquement de l'avoir appelé ce matin. L'appeler, ça veut dire subir cette épreuve supplémentaire, le revoir, le voir ici, chez elle, dans cet appartement où elle s'était juré qu'il ne foutrait jamais les pieds ; eh bien si, il va y foutre les pieds. Il va même y dîner. Elle pourrait refuser, mais il faut qu'on parle, il faut qu'on prenne des décisions.

Et puis 20 h sont passées quand elle va frapper à la porte de Samuel. Elle frappe, elle attend une réponse qui ne vient pas et, en revenant vers le salon, elle s'arrête devant la table, siffle le verre de vin rouge, soudain la sonnerie du four retentit. Alors elle pose le verre, renverse trois gouttes de vin sur son pull – noir, heureusement –, s'essuie tout en allant rapidement dans la cuisine. Elle se précipite vers le four, l'éteint et cherche la manique qui devrait être sur le plan de travail mais n'y est pas, elle cherche, trouve, ouvre la porte du four et doit reculer pour éviter le nuage de buée brûlante. Elle sort le plat, un rôti de porc qu'elle accompagnera des légumes préparés plus tôt. C'est au moment où elle est en train de se demander où elle va le poser que la sonnerie retentit – cette fois c'est la porte de la rue : Benoît est en bas.

Elle jette la manique, s'essuie rapidement les mains et traverse le salon, saisit une cigarette en prenant le temps de l'allumer. Elle inspire profondément la fumée, elle attend, se ressert un verre de vin et en boit une gorgée – la sonnerie reprend de plus belle –, mais Sibylle ne bouge pas. Elle se concentre, rejette lentement la fumée, la regarde monter vers le plafond et s'étaler, se répandre, se diluer au-dessus d'un luminaire en papier de riz qu'elle a acheté alors qu'il ne lui plaisait pas. Samuel sort de sa chambre, étonné, tu n'as pas entendu ?

Si, elle arrive.

Elle ne le dit pas, se contente de hocher la tête lentement, calmement. Elle repose son verre, laisse tomber la cigarette dans le cendrier. Car lorsqu'elle voit que Samuel veut ouvrir la porte, elle se précipite, elle ne veut pas que ce soit lui qui aille ouvrir ni qu'il se trouve seul avec son père – elle redoute cette guerre toujours à vif entre eux, dont Samuel a été l'enjeu et l'instrument, le père jouant le fils contre la mère, le fils jouant le père contre elle, et parfois s'alliant à elle, quand il s'agissait de se liguer contre le père – même si ça avait été plus rare. Alors ce soir, ce sera quoi ? Qu'est-ce qui va se passer ? Elle fonce vers l'entrée, allume dans le couloir et appuie sur l'interphone. Elle attend. Elle demande à Samuel de se tenir prêt à passer à table. Et bientôt elle entend des pas dans l'escalier, la voix de Benoît qui demande en hurlant, quel étage ? Elle répond troisième sans s'entendre crier ; entre eux, même les premiers échanges se font en gueulant.

18

Pourtant il débarque avec des fleurs. Incongru, ridicule. Mais ça produit son effet. Sibylle se retrouve avec un énorme bouquet de tournesols dans les bras. De gros soleils jaune d'or qui lui tombent sur la poitrine et pèsent un âne mort, la laissent sans voix le temps que Benoît entre dans l'appartement, profitant de l'effet produit, jouant déjà son jeu du père engagé, de l'ancien mari qui n'en veut pas à sa femme – bon, elle a cru qu'elle pourrait faire sa vie sans lui, ça arrive, tout le monde peut se tromper. Sa femme en particulier, enfin, son ex-femme. Il est content de la revoir, ça l'amuse. Elle a toujours son regard haineux. Non, décidément, elle ne lui a rien pardonné, elle ne veut rien pardonner. Et, pourtant, il aurait parié qu'elle finirait par se laisser adoucir, qu'il ne resterait au bout de quelques mois qu'un mauvais souvenir de plus entre eux. Mais non. Après tout, cette histoire idiote qui avait foutu le feu aux poudres, qu'est-ce que ça pouvait bien lui faire ? Il n'avait jamais compris comment ça l'avait à ce point scandalisée. Et il n'aurait jamais cru que Sibylle, qui avait fermé les yeux sur tellement d'histoires, sur tant de tromperies, de petits mensonges, et pas seulement liés aux femmes, mais parfois à l'argent, juste parce qu'il était égoïste et qu'il le savait, demanderait le divorce à cause de cette histoire. Et elle avait tenu bon, Sibylle. Elle avait exigé le divorce et l'avait obtenu. Elle avait exigé la garde de son fils et l'avait obtenue. Elle avait exigé une pension pour son fils et en partie pour elle et l'avait obtenue. Elle avait voulu quitter Paris, s'installer à Bordeaux parce qu'elle aimait cette ville et ça aussi, elle l'avait obtenu.

Il aime voir Sibylle comme hypnotisée avec ces tournesols dans les bras. Les fleurs, le jaune d'or agressif prend toute la place, les fleurs occupent toute l'entrée et Sibylle se laisse embrasser comme on embrasse la cousine ou la vieille tante de province qu'on visite une fois l'an. Elle ne dit rien, peut-être *entre*, et c'est tout. Elle le regarde, l'observe, non, il n'a pas changé : son caban miteux, son bonnet rouge façon commandant Cousteau et son crâne dégarni, ses cheveux hirsutes sur les côtés, ses yeux un peu globuleux et ronds, son visage toujours légèrement hagard, surpris en flagrant délit d'on ne sait quoi, surpris comme au saut du lit, et la cinquantaine d'un vieil enfant qui pourrait avoir l'air doux parce qu'il a toujours au coin des lèvres, outre la stupeur et l'étonnement enfantins qui sont sa marque, quelque chose d'autre, une sorte de contentement, de vivacité et d'intelligence. Mais parfois ça se transforme en un rire pinçant, une légère grimace menaçante, inquiétante, comme chez les jouisseurs qui ont dans les gestes la simplicité, la rapidité et l'acuité du prédateur. Mais sa voix se veut câline et tendre. Sa voix que Sibylle connaît si bien quand elle se roule dans sa pseudo-naïveté pour demander pardon. Quand elle cherche à prendre l'avantage en jouant l'ignorance, la fausse modestie, le pauvre imbécile qui ne comprend pas pourquoi on lui en veut et ce qu'on peut bien lui reprocher. Et lui, en entrant, il est si heureux de venir ici alors que Sibylle lui avait promis qu'il n'y entrerait jamais, heureux parce que son message du matin avait fait d'elle sa débitrice.

Et maintenant, il entre dans l'appartement comme quelqu'un qui a déjà gagné un match – ou plutôt le match retour –, il a la sensation qu'il tient une sorte de revanche. Il retrouve la même femme – non, pas tout à fait. Elle a sans doute un peu grossi, son visage a l'air fatigué, elle est très pâle et pourtant il reconnaît les mêmes yeux obstinés, la même colère dans l'expression de la bouche, sa fermeté qui va jusqu'à l'intransigeance. Il la reconnaît bien, ça oui, pas de doute, toujours sexy comme seules savent l'être les femmes de plus de quarante ans, élégantes, simples, décontractées et pourtant suffisamment marquées par la vie et le temps pour avoir acquis une solidité qu'elles n'avaient pas lorsqu'elles étaient plus jeunes – il pourrait penser, lorsqu'elles étaient *trop* jeunes.

Sibylle est belle. Ses épaules, sa taille, son maintien, la grâce, ou une façon de poser comme si c'était elle qui dessinait l'espace autour de son mouvement, de son déhanchement, de son corps. Comme si c'était elle qui dessinait, en creux, sa présence. Il attend de la voir partir devant lui avec son bouquet énorme dans les bras pour la regarder de dos, il a toujours aimé sa chute de reins, ses fesses, ses jambes – même lorsqu'elle ne fait aucun effort pour s'habiller, comme elle est ce soir dans ce vieux jean dont il se souvient, comme ce vieux pull noir à col roulé qu'elle a porté un nombre de fois incalculable. Voilà, il la regarde marcher devant lui, elle est toujours aussi excitante. Il se frotte la bouche du bout des doigts, se racle la gorge, si elle voulait, à défaut de redevenir son mari, il aimerait bien la prendre, là, et tant pis pour l'histoire de Samuel, à laquelle il n'a pas vraiment l'intention de s'intéresser – les histoires d'adolescent, de toute façon, il ne voit pas trop en quoi ça le concerne.

Sauf qu'il n'aura pas l'occasion de prendre le temps parce que, alors qu'il veut commencer à regarder chaque mur, à commenter chaque image, chaque tableau, ou chaque meuble et objet – tiens, c'est nouveau, ça, tu ne l'avais pas avant ? –, Sibylle lui prend son caban et son bonnet presque en les lui arrachant des mains, le guidant pour s'asseoir, le harcelant déjà de questions et de reproches, sans même lui laisser le temps de répondre, tu as trouvé un hôtel, tu aurais pu me répondre, pourquoi tu ne m'as pas répondu ?

Et alors tous les trois se retrouvent à table, comme il y a longtemps, une petite famille. Mais dans la cuisine, il y a ce robinet qui goutte dans l'évier, *ploc, ploc*, et le silence, le souffle retenu, les verres de vin, le pain qu'on grignote en attendant, des boulettes de mie de pain, et puis soudain Benoît qui explose de rire, alors, je peux savoir de quoi on parle ce soir ?

19

Samuel sait qu'il va falloir tenir bon. Il sait que ça va durer longtemps, que ça va se déployer, qu'on va passer par plusieurs phases, c'est sûr, il connaît ses parents à l'heure des grandes décisions, ce mélange de temps ralenti et d'accélérations subites, les explosions inattendues et la violence au bout, l'un ou l'autre qui n'en peut plus et éclate.

Alors il se prépare. Il regarde son père comme celui-ci le regarde un long moment – Samuel se demande à quoi pense son père et ce qu'il pensera après, quand il saura comment avec ses copains ils ont roulé complètement bourrés et qu'ils ont refusé de s'arrêter quand les flics les ont interpellés, comment ils ont fini dans le fossé, comment les flics ont trouvé le shit dans la boîte à gants et dans les poches d'un des copains, comment les parents du gars qui organisait la fête ont décidé de porter plainte à cause des dégradations – bon, c'est vrai, on a abusé, on a balancé du vin sur les murs, on a renversé une table dans la cuisine avec toute la merde qui était dessus, des pizzas, des chips, des conneries de sauce qui ont giclé. Et puis Viosna. Samuel se demande ce que son père va dire, comment il va réagir et s'il va perdre ce sourire sournois dont pour l'instant il ne semble pas vouloir se départir, tellement ça l'amuse d'être là, de voir que Sibylle est si désemparée, si mal avec ce fils dont elle ne sait plus quoi faire et qui ne sait plus quoi faire lui-même de sa peau. Ça va durer un peu. Le temps d'observer son père qui s'amuse et cherche comment il va pouvoir attaquer Sibylle, par quoi, et ça vient, oui, Benoît jette un œil sur ce nouveau nid qui a l'air si tendre, si bien fait pour accueillir de nouveaux amis...

Tu as de nouveaux amis ? Tu dois en avoir, non ? Une jeune divorcée comme toi, ça doit se faire des amis facilement, je veux dire, des hommes, non ?

Si elle ne mène pas la conversation ni le déroulement de la soirée, elle va s'effondrer. Elle est morte de fatigue, et soudain elle a peur que tout lui échappe. Alors elle s'emporte. Benoît, on ne parle pas de moi ni de toi, d'accord ? Elle impose le rythme du repas, et elle boit, elle n'offre pas de vin à Benoît et lui dit seulement qu'il peut se servir. Il se sert, lui demande si en retour elle veut qu'il lui remplisse son verre. Samuel est livide, tendu, il ne dit rien pour l'instant, il attend. Benoît ironise sur les qualités de cuisinière de Sibylle, tu as bien de la chance de prendre tes repas tous les jours chez maman, mon petit Samuel. Et puis le silence.

Le regard de Sibylle sur Samuel. Ce temps qui ne passe pas. *Ploc. Ploc.* Goutte à goutte. La résonance sur l'Inox, dans la cuisine. Le souffle lourd de Samuel, sa façon de baisser les yeux, de tenter un vague sourire, de racler sa gorge, de se gratter la joue. Samuel qui cherche sa mère du regard, Samuel qui perd pied mais qui se lance, s'arrête, reprend, qui raconte qu'il était à une soirée avec des copains, que ses copains ont déconné et lui, lui il n'a rien dit ni rien fait contre eux, oui, il a déconné, il aurait dû, c'est vrai, c'est vrai. Et alors il parle de tout, des flics, de la nuit au poste et des clopes écrasées sur les murs et sur le canapé, des bouteilles jetées au plafond pour atteindre les lustres, du vin rouge sur les murs, de Viosna ; il prend un temps considérable à raconter – cette fois Benoît ne rit plus du tout.

Il ne regarde plus Sibylle ou, quand il le fait, c'est pour lui demander avec un air effaré si ce qu'il entend est vrai, car il n'a pas l'air d'y croire. Il voudrait qu'elle confirme, qu'elle lui dise que c'est vrai. Et Viosna, est-ce que c'est vrai ? Est-ce que son fils est resté comme un con cloué à une porte pendant que les deux autres ? Sibylle se redresse quand elle entend cette question, qu'est-ce que tu veux dire ? Qu'il aurait mieux fait de se jeter sur elle avec les autres ? Mais non, non, bien sûr, bien sûr. Sibylle, arrête de me caricaturer. Je ne suis qu'un mec, je sais. Mais tous les mecs ne sont pas des connards.

Je sais. Pas tous.

Samuel a bien vu comment son père a arrêté de

jouer, comment il a écouté de plus en plus sérieusement, comment il a glissé vers cet autre rôle : le père sérieux qui s'engage et prend des décisions. Son père joue ce rôle-là comme il aime jouer au père copain quand ils sont tous les deux à Paris, dans le nouvel appartement qu'il occupe, ou celui, bien pire, de père complice, quand il évoque avec lui les femmes, la sexualité, même s'il fait semblant de ne pas voir comment Samuel rougit à chaque fois qu'il lui parle d'une femme qu'il a rencontrée ou de ce que, à son âge, Samuel devrait quand même avoir une vie sexuelle, non ? Son père le fait comme si c'était des rôles qu'il jouait et qu'il pouvait en changer d'un coup, en passant de l'un à l'autre, sans transition.

Et il n'est pas surpris quand Benoît déplace sa chaise et se penche vers lui en le menaçant du bout de l'index, quand il prend cet air ridiculement sérieux – quelque chose en lui qui cabotine même en ce moment où il veut être grave, solennel, un masque comme un autre. Mais les menaces sont réelles et elles tombent très vite. Tu sais que moi aussi j'en ai fait des conneries quand j'avais ton âge, tu le sais, ça ? Je t'ai raconté. Eh bien, les petits branleurs, tu sais où on les mettait, non ? Tu sais où j'ai passé mon adolescence de merde, moi ? Et bien tu vas faire pareil, toi aussi tu vas aller chez les cathos, toi aussi tu vas goûter du pensionnat, à côté de Tarbes, il y en a un très bien ; j'y suis allé, j'y ai fait mes meilleures années et si tu trouves que c'est un peu dur, dis-toi que ton père y est passé et qu'il n'en est pas mort. Samuel essaie de se défendre. Mais tout son corps se rétracte, la gorge lui fait mal, il a soif, il boit un grand verre d'eau et les larmes montent et il voudrait lâcher que sa mère et son père ont toujours été d'accord au moins sur un truc, c'est qu'ils ont toujours voulu l'éloigner, se débarrasser de lui, qu'il foute le camp, qu'il disparaisse comme si c'était à cause de lui qu'ils avaient passé leur temps à s'engueuler et à se détester, comme s'il avait été la cause de leur naufrage, et pas leur victime. Parce qu'il voudrait leur dire comment il a déjà rêvé qu'il les tuait, ses parents, qu'un jour il leur collait à l'un et à l'autre une balle dans le front parce qu'il se retrouvait avec un flingue et qu'il pouvait les tuer, qu'il pouvait le faire, l'un après l'autre, comme ça, pour ne plus les entendre, pour ne plus voir leurs regards sur lui. Ses rêves s'arrêtaient toujours avant de savoir si oui ou non il se tuerait aussi après – mais ça n'avait pour lui aucune importance.

Ce qui était important, en revanche, c'était d'entendre la déflagration dans son cerveau, de voir leurs corps inertes, de les voir pétrifiés dans une pose ridicule et tellement surprise, incrédule, scandalisée aussi, une pose où dans les yeux ils auraient le temps de dire quelque chose d'aussi con qu'un *oh* et de s'effondrer en laissant le silence gagner au moins une fois sur eux, sur lui, sur eux tous, pour que la vie de Samuel s'échappe enfin de cette place à laquelle il se sentait condamné et pris au piège, assigné à résidence : entre eux.

20

Le sourire carnassier de Benoît, comme Samuel ne lui avait jamais vu. Comme s'il ne connaissait pas son père. Et ce sourire qui se transforme, ce visage qui se transforme, il le revoit, Samuel, parce que parfois on a dit qu'il ressemblait à son père, qu'ils avaient les mêmes traits et surtout les mêmes expressions. Mais est-ce qu'il pourrait avoir cet air si méprisant que son père avait affiché quand Sibylle avait dit je vais partir avec Samuel, trois ou quatre mois, je vais couper avec tout, il faut qu'on reprenne tout à zéro, qu'on arrête tout de ce qu'on fait parce que rien ne marchera si on continue comme ça. Il faut tout reprendre à zéro, dès le début. Et il avait vu comment son père était sidéré, et lui-même l'était aussi ; il se souvient de comment il avait eu peur en entendant sa mère, et peur surtout de son exaltation, quand elle avait expliqué que depuis un an elle s'était plantée sur tout parce qu'elle n'avait pas su écouter son fils, elle n'avait pas su voir comment il allait mal ni qu'il avait besoin d'aide ; et maintenant, elle comprenait, il était en train de tomber sous leurs yeux à tous les deux et cette fois il fallait l'entendre, entendre sa détresse. Sibylle s'était lancée et avait expliqué qu'on avait trop laissé Samuel comme une plante dont personne ne se serait occupé de la faire grandir, comme on n'avait jamais non plus songé à lui inculquer des valeurs – et, là, oui, elle avait souri ironiquement et avait fixé Benoît en lui disant, quoi ? ça t'étonne que je te parle de *valeurs*, parce que je suis de gauche je ne peux pas défendre de valeurs ? Mais il n'avait pas répondu, juste il avait laissé traîner un vague sourire compatissant, vas-y, continue. Et elle avait continué à dire qu'il fallait que Samuel comprenne des valeurs qui étaient les choses simples et essentielles, les autres, le respect des autres, écouter les autres, la simplicité de la lenteur, du contact avec la vie, qu'on balance ce putain de monde qui nous sépare les uns des autres et qu'on arrête de prendre pour inéluctable ce qui ne l'était que par notre passivité, notre docilité, notre résignation. Elle ne pouvait pas accepter de voir son fils sombrer dans la délinquance parce qu'il pensait que sa vie n'avait aucun sens ni aucune importance ; elle ne s'y résoudrait pas et avait compris ce qu'il fallait faire, parce qu'elle le voulait aussi pour elle, qu'elle avait besoin de reconstruire sa vie, la leur, redonner du sens à la vie, tout remodeler, dessiner une vie humaine dans un monde qui ne sait plus l'être – est-ce que tu comprends ça, Benoît ?

Et Benoît avait écouté en suçotant le pain qu'il trempait abondamment dans la sauce, à même le plat – sachant que Sibylle avait toujours détesté qu'on fasse ça –, le faisant lentement, avec délectation, précision, jubilation, et puis commençant par poser une question, dis-donc, toi, ton fils fout le bordel, il va falloir rembourser les dégâts et, tiens, ça va coûter combien cette affaire-là ? Tu peux me le dire ? Hein ? Toi, comme punition, tu veux l'envoyer en vacances ? C'est ça ? J'ai bien compris ? C'est ça ta grande idée ? Ma pauvre chérie... T'as raison, t'as vraiment des valeurs de gauche...

Et il s'était levé en demandant, sournois, amusé et curieux pourtant, prenant Samuel à partie, dis-nous, ça nous intéresse, tu veux partir où ? Avec quel argent ? Tu as de l'argent ? Ne compte pas sur moi, d'accord ?

Il avait posé la serviette sur la table, et puis il avait regardé Sibylle : Alors ?

Alors elle avait parlé des chevaux, des montagnes, d'une autre vie ; elle avait parlé de cet amour des chevaux qu'elle avait toujours eu et que Samuel aussi avait eu si longtemps en partage avec elle, même si depuis un an ou deux c'était un peu passé, c'est vrai. Mais les chevaux pourraient l'aider à reprendre goût à la vie, à comprendre des choses qui semblaient ne plus le toucher ou le concerner. Elle voulait qu'il sache prendre le temps de regarder un ciel de nuit, de s'émerveiller devant une montagne, elle voulait qu'il sache respirer et souffler, parce qu'elle voulait qu'il entende comment on pense par le souffle et que c'est par lui que la vie circule en nous. Et puis elle avait regardé Benoît debout, trépignant, s'agitant en haussant les épaules comme s'il était pris d'un rire qu'il n'aurait pas su contrôler alors qu'il ne riait pas, et puis, se calmant, passant sa main sur son crâne dégarni, grattant sa tête dans un geste qui se voulait éloquent, comme ça, au milieu du salon, il avait murmuré, hum hum, oui, oui... Et puis il avait traversé la pièce avant d'entrer dans la cuisine et de dire avec une voix si forte et si consciente d'elle-même, de sa puissance, de sa cruauté à ce moment-là, ma pauvre chérie, tu veux te barrer je ne sais pas où avec ton fils, faire du cheval pendant des mois ? C'est ça ? Tu n'as jamais eu le sens des réalités. Si tu veux mon avis, c'est pour ça que tu t'es toujours plantée, que tu n'as jamais été foutue de rien finir de ce que tu avais commencé. Pour ça que tu finiras toute seule et sans aucune perspective de rien. Ton fils fait des conneries et toi au lieu de le foutre en pension avec des gens qui sauront lui tenir la bride, eh bien, non, madame veut lui donner le goût de l'air libre et partir... Je ne suis pas sûr d'avoir compris, tu veux faire quoi ? Larguer ton boulot, partir comme ça, on taille la route, on brave tous les dangers ? Et comment tu comptes faire, tu n'as pas un sou devant toi et regarde-moi cet appart, tu n'es même pas foutue de changer un robinet, c'est insupportable, ce putain de robinet qui fuit.

Et Samuel se souvient de son père disparaissant dans la cuisine, du coup qu'il avait donné contre le robinet.

De sa mère se levant et se mettant à hurler, furieuse, Benoît, tu ne t'occupes pas de ça, tu laisses ça tout de suite, je n'ai pas besoin de toi, j'ai besoin que tu t'occupes de ton fils, que tu comprennes ce que je te dis, alors maintenant tu laisses ce putain de robinet et tu reviens.

Et il était revenu, oui, lentement, calmement. Il était revenu, mais il ne s'était pas assis.

– Comment tu comptes faire ? L'argent ? Comment tu vas payer ?

– Je vends la maison de Bourgogne.

– La maison de ton père ? Tu avais toujours juré que tu ne la vendrais jamais.

– Je la vends.

– Ah bon... Et toi, Samuel, tu as envie de partir avec elle ?

Il n'avait pas répondu. Il avait envie de se lever et de fuir, de crier ou de s'effondrer – ce qui aurait été la même chose. Il voulait surtout que tout s'arrête et avait compris qu'il n'aurait que cette alternative, partir trois mois dans la montagne avec sa mère, à cheval, ou alors finir dans un pensionnat dont il avait déjà entendu parler plusieurs fois par son père. Samuel était resté sans voix, inerte, il avait vu comment sa mère et son père allaient encore se préparer à un combat dont il serait l'enjeu – ça n'avait pas traîné. Son père, tout de suite, qui se reprend, qui dit, ok, ok, très bien, les mères ont toujours raison. On ne va jamais contre la volonté de la mère, de toute façon, dans ce pays les juges donnent toujours raison aux femmes, alors autant s'y faire... Mais je te préviens, Samuel, où que vous soyez, si jamais la moindre chose se passe mal, je veux le savoir. Je veux que tu me dises au moindre pépin, je veux que tu m'envoies un message et que tu me dises où tu es, que tu m'envoies des mails régulièrement, je veux que tu me dises comment ça se passe, ok ?

Et Sibylle qui le regarde, le toise, qui attend de

pouvoir dire qu'elle n'enlève pas son fils, qu'elle ne fera rien contre lui.

Benoît, qui soudain se met à rire. Sibylle, qu'est-ce que tu crois ? Tu crois que je peux avoir confiance en toi ? Tu crois que je ne vais pas dire à ton fils qu'il est en danger avec toi ? Bien sûr que tu feras attention... Mais ça ne suffira pas. Je sais bien que ça ne suffira pas. Samuel, tu sais, quand j'ai connu ta mère, elle venait de faire quelque chose d'extraordinaire, qui lui a valu les titres des infos. Tu ne le savais pas ? Non ? Ah, ça... Ta mère ne te l'a pas raconté ? C'est dommage, ça te ferait réfléchir. Ta mère était une grande randonneuse, on peut le dire, oui... Elle a fait le tour de la Corse, c'est un tour difficile, c'est vrai. Très difficile. C'est difficile, les montagnes, la neige, le froid. Elle s'est perdue et a failli y rester. Oui, trois jours pour la retrouver glacée et affamée. Trois jours, presque morte. Tu ne lui as pas raconté, vraiment ? Non ? Ta vie d'aventurière ?

Et de ça aussi il se souvient : le visage de sa mère. La terreur et la haine. La colère et l'effroi dans le regard. Les larmes qui montent, qu'elle retient, qu'elle ne sèche pas. Les yeux, ses yeux – comment dire la fureur de ses yeux ?

21

Alors, est-ce qu'il faut envoyer un message à son père pour lui dire ce qui s'est passé ce matin ? Et puis il repense à cette histoire, en Corse. Il n'avait rien demandé sur cette randonnée qui avait mal tourné, sa mère lui avait dit qu'elle lui expliquerait, ce que, bien sûr, elle n'avait pas pris le temps de faire. Il y a souvent repensé sans oser demander – pas à sa mère, mais pas davantage à son père. Il a préféré faire comme si ce n'était rien. Après tout, c'était un temps où il n'était pas né, un temps où les choses et les gens avaient des histoires qu'il ne pourrait pas comprendre et dont il n'avait jamais rien voulu savoir. Mais il savait que partir avec sa mère, c'était prendre un risque, elle est fragile, imprévisible. C'est une excellente cavalière, elle aime la marche et la nature, mais est-ce que ça suffira ? Il avait eu peur, en partant, mais est-ce qu'il avait le choix ?

Ça fait trois semaines qu'on a quitté la France ; trois semaines qu'on est arrivés à Bichkek, et il se souvient des premiers jours chez le couple de Français qui les avait accueillis, de leur maison en dur et du petit jardin, des chiottes en bois au fond du jardin et de ce dégoût qu'il avait éprouvé à cause des odeurs nauséabondes qui remontaient, des heures à les entendre parler de leur pays d'adoption, du renoncement à ces fausses valeurs occidentales où tout le monde se tue à acquérir des objets et une considération illusoire. Il se souvient de ce qu'il avait pensé en les entendant et en les regardant, oui, de pauvres babas cool mal sapés qui prêchaient un mode de vie réconcilié avec la nature et le cosmos, quelque chose dans ce goût-là, et il avait laissé dire et avait fermé sa gueule sauf en envoyant des mails – dans cet endroit il y avait encore une connexion Internet – et avait balancé à ses copains tout ce qu'il avait à dire, le mode de vie rêvé des babas c'est des envolées de mouches à merde au-dessus d'un chiotte en bois au fond du jardin, des fringues moches et sans forme, des cheveux coupés à la serpe, putain de mecs, ces babas, et sa mère qui était attentive et avait parlé longtemps avec eux, qui avait sympathisé avec eux, et eux qui les avaient accompagnés jusqu'au marché où pendant des heures il avait fallu négocier pour repartir avec deux chevaux magnifiques qu'il avait été chargé de baptiser, ce qu'il avait fait, Starman et Sidious, à cause d'une chanson de Bowie et de *Star Wars*.

Pendant des semaines après ce mois de mars, tous l'avaient fait chier comme pas possible – un juge, un éducateur, un psychologue à l'école –, et tous avaient salué l'initiative de sa mère, la trouvant courageuse et généreuse et autres conneries qui le rendaient fou de rage – oui, souvent, le soir, au moment de s'endormir, il ressentait, brûlante, bouillante, dans sa poitrine, qui l'empêchait presque de respirer, une énorme boule de haine qui grossissait contre elle, la mère courage, la mère généreuse et son grand projet un peu fou pour sauver son fils de la délinquance. Oui, ce que tout le monde regardait d'un œil émerveillé, lui trouvait ça complètement narcissique et délirant. Elle fait ça pour se donner le beau rôle. Elle fait ça pour se trouver formidable et sortir de sa propre merde, se disait-il, et si elle veut corriger des erreurs qu'elle a faites, eh bien, c'est trop tard, lui, il ne pardonnerait pas. Et son père avait bien eu raison d'exiger d'elle qu'elle finance toute seule ce voyage. Son père avait eu raison de dire qu'il était contre, qu'elle n'en était pas capable, qu'il ne suffisait pas de savoir monter à cheval, de savoir dresser une tente, il faut un mental, une force dont Sibylle était bien incapable.

D'ailleurs, son père, Samuel a toujours pensé qu'il était plus logique et intelligent que sa mère, plus drôle aussi, c'est vrai. Avec lui on avait déjà fait tellement de choses ensemble. Samuel n'ose pas se le dire, mais s'il n'avait qu'un seul regret, c'est que ce voyage au pays des Chevaux Célestes, il aurait préféré le faire avec son père.

22

Il n'oublie pas la promesse qui a été faite de prévenir Benoît si les choses venaient à mal tourner. Est-ce que c'est à cause de ça qu'il se sent de si mauvaise humeur ? Parce qu'il sait qu'il ne préviendra pas son père et qu'il a peut-être tort de ne pas le faire, qu'il le regrettera peut-être ? Est-ce à cause de ça qu'il a envie de gueuler ou de taper dans le tas ? Il n'en sait rien. Il attend que l'après-midi se termine. Il va se promener jusqu'au champ du voisin, pour voir les chevaux. Et puis non, il ne va pas jusqu'au bout du chemin qui mène à l'enclos. Il aperçoit le voisin et son fils qui sont en train de bricoler une vieille bagnole. Il n'a pas envie de faire semblant de parler avec eux – lui, il connaît le russe qu'il apprend à l'école, celui de ses grands-parents, mais il ne le parle pas, et encore moins le kirghize. Il ne veut pas se fatiguer à faire semblant de faire le mec qui s'intéresse, il se fout complètement de ce qu'ils font, de ce qu'ils sont, de leur vie. Il trouve leur bienveillance et leur générosité insupportables, leur intérêt à son égard et à celui de sa mère suspect. Forcément, ils se font tellement chier dans leur bled que lorsqu'ils voient n'importe quel pékin débouler, ils sont contents. Il les regarde de loin, avec mépris et, ce soir encore, il faudra bien faire comme si leurs voix, leurs histoires, leurs rires lui plaisaient, comme si ça l'intéressait d'entendre sa mère et de les écouter, eux, raconter comment ils ne sont plus nomades et qu'ils sont fiers d'avoir la télévision et accès à la modernité.

Pendant toute la soirée Samuel regardera comment sa mère et Djamila ont l'air de se connaître depuis toujours. Il mangera avec dégoût – il rêve d'un bon vieux burger avec des frites baignant dans du ketchup, le tout arrosé d'une cannette de Coca ; il rêve que ce voyage est fini et qu'on va rentrer bientôt. Il regarde sa mère comme s'il ne la connaissait pas, et c'est vrai que, d'une certaine manière, il ne la connaît pas. Il a envie de l'interrompre au moment où elle raconte il ne sait pas quoi, mais en souriant, comme elle fait toujours lorsqu'elle s'adresse à quelqu'un. Mais cette fois, il est vrai qu'elle le fait en cherchant son regard à lui. Depuis tout à l'heure il détourne les yeux, il n'a pas envie de se retrouver face à son sourire et à sa bonne humeur. Dès qu'ils sont invités chez des Kirghizes, sa mère se laisse porter par une sorte de plaisir presque excessif dans l'intérêt qu'elle suscite et qu'elle a aussi pour ces hôtes. Il ne la reconnaît plus et ne sait pas si ce qui l'agace c'est cette joie qui la déborde ou si c'est l'impression que cette joie est une invention.

Pendant le repas, il évite son regard. Mais, soudain, il a l'impression que c'est de lui qu'elle parle, avec ses mots russes qu'il ne comprend pas et dont elle abuse, il lui semble, tant elle n'arrête pas de parler. Oui, elle parle trop, c'est sûr, qu'est-ce qu'elle peut raconter avec son sourire sur lui, son regard sur lui, et les autres qui se mettent aussi à le regarder, et elle qui lui semble légèrement apitoyée ou condescendante et maternante. Alors, il va faire comme il sait parfois aussi le faire : son regard planté dans le sien, l'interrogeant sans un mot, exigeant le silence ou des explications par la seule insistance des yeux, du visage fixe, de la nuque tendue. Tu parles de quoi, de moi ? T'es en train d'expliquer que ton fils est qu'un taré qu'il faut déconnecter de ses potes pour qu'il comprenne enfin la vie ? Elle ne lui répond pas tout de suite. Elle sourit, reprend ce qu'elle disait à Djamila. Bektash propose à Samuel une autre bière, mais Samuel refuse, leurs bières sont trop dégueulasses, dit-il. Mais cette fois il le dit à voix haute, en regardant sa mère, posant chaque mot, fusillant du regard les gens, les murs, lentement, sûr de lui. Tu comprends pas ? Tout est dégueulasse ici. C'est des porcs. Leur bouffe, leurs fringues, leurs putains de tapis en feutre. Ils ont l'air crade et ça pue trop le mouton, ici. Les autres le regardent, ils sourient. Bektash tend une assiette mais Samuel ne la regarde pas, il s'en fout, il repousse l'assiette. Sibylle ne dit rien, elle ne répond pas, elle affronte le regard de son fils. Djamila et Bektash lui sourient en retour. Djamila se lève pour débarrasser, demain on travaille, et il est tard. Au-dessus, l'ampoule jaunâtre grésille, faiblit puis reprend. Demain Bektash ira à la ferme, les voisins travailleront tôt eux aussi, ils prennent congé. Sibylle dit au revoir très chaleureusement, Samuel la voit qui s'intéresse à eux, des musulmans, des paysans, et il la regarde avec mépris et incompréhension, ils ont presque les mêmes gueules et les mêmes dégaines que les roms qui traînent chez nous, dans la rue, devant les magasins. Si sa mère les voyait au-dessous de chez elle en train de faire la manche, il se dit, je suis sûr qu'elle n'aurait même pas un regard pour eux.

23

Le lendemain, ils ont repris la route depuis déjà une bonne demi-heure, quand des galops les surprennent. Ils avaient pris le temps de dire au revoir à Djamila et Bektash, pris un petit déjeuner copieux, bu du lait, du thé, mangé des gâteaux ;

ils avaient sellé les chevaux et préparé les paquets, puis ils avaient repris leur route, ils allaient se retrouver au pied de la montagne, finalement pas très loin de là où Bektash et sa femme les avaient sauvés. Ils étaient partis sans se dire un mot, après une nuit qui avait été courte mais reposante – dormir sur un matelas, c'est toujours un peu la certitude d'un sommeil réparateur, dont le corps devra profiter le plus possible, parce qu'il sait qu'il ne retrouvera pas un tel confort avant plusieurs jours. La journée de repos a été bonne malgré la peur qu'on a eue le matin, malgré la mauvaise humeur de Samuel, malgré aussi tout ce qu'on a bu et mangé la veille au soir, et cette légère gueule de bois qui raidit le corps au réveil.

Sibylle a regardé les plans, tout est prêt. On reprend le voyage en se dirigeant vers la montagne – et donc, soudain, des galops. Ils viennent de loin. On entend les cris qui les accompagnent, sans doute pour motiver le cheval. Samuel et Sibylle se demandent sans rien se dire si c'est vers eux qu'on vient, s'il faut attendre ou au contraire tenter d'éviter la rencontre, s'il faut se mettre à galoper et s'enfoncer dans la montagne. On hésite, les chevaux sont calmes, ils en profitent pour paître et avaler quelques fleurs des champs. La terre est plus aride déjà, la poussière badigeonne les sabots des chevaux, et tout à coup ceux-là se redressent, Sidious le premier parce qu'il est toujours plus nerveux, ou plus rapide, plus vif que Starman. Mais les deux soudain écoutent, ils entendent le cheval. Sibylle décide qu'il faut attendre, peut-être qu'ils ont oublié quelque chose chez Bektash ?

Il est encore assez loin quand ils reconnaissent, d'abord le cheval – ce petit cheval vif, un Karabair gris à la jolie tête fine mais à la mâchoire large – et puis bientôt le fils de Taberbek, le voisin, celui-là même qui réparait une vieille bagnole la veille avec son père. Il arrive à toute vitesse, le corps penché sur le cheval, et il descend de sa monture à une vitesse stupéfiante. Ils n'ont pas vraiment le temps de voir, de comprendre, voilà, il est entre eux et sourit de sa grande bouche qui souligne sa barbe naissante, une sorte de duvet encore clairsemé et fin comme des cheveux filasse. Il sourit d'un sourire franc et beau, essoufflé, et il caresse le cheval de Sibylle. Mon père voudrait vous donner un cadeau. Alors on descend de cheval, on se penche sur le sac de feutre que le jeune garçon ouvre – quel âge a-t-il ? Entre douze et quinze ans, pas plus. Il tend un paquet, c'est-à-dire un chiffon de feutre, une forme courte et oblongue. Sibylle hésite, le garçon insiste, elle ouvre. C'est un couteau dont la lame est très fine, très ancienne, ça se voit, le manche est en bois, il est taillé, il y a dessus un tigre et un cheval finement ciselés. Elle voudrait refuser, mais le jeune homme a l'air si fier, si heureux, elle dit merci. Samuel descend de son cheval, il regarde le couteau. Puis le jeune garçon va chercher dans un autre sac, suspendu à la selle de son cheval. C'est de la part de Djamila. Sibylle devine déjà ce que c'est. Le vieux pistolet qui était dans la voiture et une boîte de munitions. Sibylle prend l'arme et les balles, le jeune garçon est déjà sur son cheval – Sibylle ne sait pas comment dire son émotion, elle regarde Samuel qui remonte sur sa selle ; elle reste là, elle a le pistolet dans ses mains ; elle déteste les armes à feu et a toujours pensé qu'avec une arme, rien de bon ne pouvait arriver. Mais il est vrai que tout ce qu'elle a cru dans sa vie s'est souvent effondré et qu'elle sait la valeur de ce pistolet pour Djamila.

Alors, voilà, elle se retrouve avec une arme, elle sourit en pensant à la générosité de Djamila. Soudain, le petit cheval gris repart, entraînant avec lui le sourire du jeune garçon, quelques herbes sous les sabots et une nuée grise de poussière qui danse longtemps sur sa trace, comme le halo d'une apparition.

Samuel attend un moment, il regarde sa mère : Dis, tu me montres le pistolet ? Je peux regarder le pistolet ?

II

Peindre un cheval mort

24

Son arrivée ici, Samuel l'avait faite sans désir, sans volonté, ou alors avec la volonté de résister à tout ce qu'on voudrait lui imposer, à tout ce bien qu'on voulait pour lui sans qu'il ait le choix de s'y opposer. Il avait pensé que si sa mère avait voulu lui infliger une randonnée de plusieurs semaines en France ou en Europe, il aurait pu essayer de profiter d'une nuit pour foutre le camp. Mais il ne pourrait pas le faire dans un pays aussi éloigné que le Kirghizistan, là où la langue serait un obstacle infranchissable et où il n'aurait en définitive pas les moyens de se débrouiller seul ; alors il avait projeté de tout planter là avant la date du départ.

Pourtant les jours passaient et il ne faisait rien, comme si un poids trop lourd l'empêchait de mettre son plan à exécution. Il regardait sa mère sans lui dire combien il se foutait de son projet, de son voyage, de leur départ. Il s'en foutait, comme il se foutait de ce que plus personne ne lui parlait à l'école, ni parmi les amis avec qui il avait déconné ce fameux soir de mars à Lacanau, ni les autres, ni bien sûr Viosna qui le regardait comme un pestiféré ou un moins que rien – et lui, il pensait qu'elle avait raison, qu'il méritait ce regard-là.

Ça, oui, le cœur se retournait, Samuel était resté éperdu de honte et mortifié. Sa mère se faisait des illusions si elle pensait qu'elle pourrait changer quelque chose en lui, de lui, si elle croyait qu'il lui suffirait de prendre quelques semaines de grand air, accompagné de chevaux et de montagnes, de silence et de lacs, pour que soudain tout dans sa vie se déplie et devienne simple et clair, pacifié, lumineux, pour qu'il cesse enfin de se sentir écrasé à l'intérieur de lui-même, comme si on allait arrêter un jour d'appuyer sur son cœur, sur son âme, sur sa vie, comme si l'étau pouvait un jour se desserrer.

Alors, quand Sibylle avait organisé le voyage, elle n'avait dû compter que sur elle-même pour préparer les sacs, les vêtements, le matériel, pour se poser la question de l'argent, pour organiser leur accueil (c'est-à-dire entrer en contact avec des Français sur place, qui pourraient l'aider à acheter les chevaux sur l'un des marchés de Bichkek, l'aider à ne pas commettre certaines erreurs dans le choix du matériel, etc.), choisir le parcours qu'il faudrait suivre pour faire le tour du pays et revenir au point de départ afin de revendre les chevaux et de reprendre l'avion. Elle avait vendu la maison de son père, s'était mise en disponibilité à son travail, avait organisé une sous-location pour l'appartement et puis elle avait consulté, lu, conçu leur voyage. La seule chose qu'elle avait imposée à Samuel, c'était de reprendre l'équitation, de se remettre en mouvement. Il avait accepté et l'avait fait sans rechigner, mais avec indifférence. Il allait prendre le tramway porte de Bourgogne et, chaque samedi et mercredi, il se rendait au centre équestre. Parfois, ils y allaient ensemble, mais elle avait plus de mal, à cause de son travail.

Samuel regardait sa mère avec étonnement, en silence, parce qu'il pensait qu'aujourd'hui ou demain, se répétait-il, en rentrant de l'école ou d'ailleurs, il la trouverait effondrée devant la télé, la télécommande à la main, ou sur son lit allongée avec un livre ou un magazine, ou affalée, le dos à moitié cassé sur une chaise dans la cuisine, en train de boire une bière devant un cendrier plein, en robe de chambre, pâle, défaite, qui finirait par lui dire d'une voix lasse que, bon, finalement, elle n'en avait rien à foutre et qu'il pouvait aller se faire pendre.

Mais non. Ça n'était pas arrivé. Chaque jour, au contraire, il l'avait trouvée plus forte, plus déterminée. Et même s'il ne faisait rien pour l'aider, il ne faisait rien non plus pour l'empêcher d'avancer, il s'étonnait chaque jour davantage – le jour où elle s'était fait couper les cheveux très court ; le jour où il pensait qu'elle reviendrait bouleversée et désespérée parce qu'elle allait en Bourgogne signer la promesse de vente de cette maison familiale à laquelle elle tenait tant et d'où elle était revenue grave, mais heureuse et presque rayonnante ; le jour encore où, les billets d'avion en main, elle avait déballé dans le salon tout le matériel, les sacs qu'on aurait, les fringues, tout. C'est comme si quelque part il n'y avait pas cru, comme si tout ça lui paraissait impossible. Et alors il remettait chaque jour le projet de sa fugue, comme s'il était hypnotisé par l'énergie de sa mère, hypnotisé ou tellement incrédule qu'il voulait voir le moment où elle finirait par s'effondrer, par abandonner, par céder. Sauf qu'un matin, Sibylle était venue le chercher dans sa chambre. Elle avait ouvert le volet et la fenêtre en grand. Une bourrasque d'un air presque froid avait balayé la chambre. Il s'était réveillé, avait regardé sa mère, souriante, presque belle, déjà prête. Elle avait dit d'un ton étonnamment joyeux :

Samuel, tu n'as pas oublié, non ? Alors prépare tes affaires, cette fois ça y est, on part dans deux heures.

25

Et voilà maintenant un mois et demi qu'ils ont quitté Bordeaux. Plus de deux semaines qu'ils ont passé la nuit chez Bektash et sa femme, et, depuis, le pistolet de Djamila et les cartouches attendent dans une sacoche qui dort tous les soirs à côté de Sibylle.

Ils se parlent peu, ils économisent leurs forces et se concentrent sur ce qu'ils ont à faire, ce qu'ils voient, ce qu'ils entendent, ce qu'ils ressentent.

Les mots sont ici comme tous ces poids morts dont on se débarrasse parce qu'ils ne servent qu'à alourdir les bagages. Tous les jours, toutes les heures, d'autres occupations les attendent, tellement indispensables qu'ils y pensent même le soir avant d'aller se coucher – trouver de l'herbage et de l'eau, un village, un campement où l'on pourra prendre des vivres. Mais tout tourne autour des chevaux. Sibylle les soigne, les panse, les abreuve ; Samuel s'occupe de trouver du fourrage, de seller les bêtes, de poser les entraves lorsqu'ils font une pause ou qu'ils s'arrêtent pour la nuit, de désangler, d'apaiser, de vérifier les fers, ce dont il s'acquitte maintenant avec patience et tact. Il prend parfois le temps de le faire sans même écouter de la musique. Au début, pendant la première semaine, il n'arrivait pas à ne pas avoir les écouteurs dans les oreilles, sans doute parce qu'il redoutait que sa mère décide de lui parler – de quoi ? Tout avait été dit, ils étaient là, ok, on fait ce qu'il y a à faire et après on rentrera.

Mais il avait fini par retirer ses écouteurs parce qu'il avait commencé à prendre plaisir à parler aux chevaux, à rester avec eux, à les écouter aussi – leur souffle, leurs jeux, leurs humeurs –, et qu'il avait remarqué que le son strident des écouteurs les affolaient. Il avait trouvé un appareil qui fonctionnait avec des piles, moyen le plus sûr, avait-il pensé, de ne pas tomber en rade... Des piles, oui, un vieux truc à piles. Un baladeur CD que son père lui avait fourgué. Il s'était préparé toute une sélection de musique, avait passé des heures à se graver des disques. Il gérait son stock de piles avec précaution, parce qu'il était terrorisé à l'idée de se retrouver condamné à ne pas avoir de musique avec lui, comme si on l'obligeait alors à se promener nu dans la rue, ou que la réalité allait lui écorcher la peau, le rendre plus vulnérable.

Il gardait l'écoute pour les heures qu'il s'était fixées, surtout le soir, avant de sombrer dans le sommeil. C'était l'un de ses loisirs. Pas de films ni d'Internet, aucun réseau social – au départ une sensation de vertige, et maintenant il s'y fait ; il a trouvé une autre façon de s'occuper. Ce soir, comme tous les soirs, il regarde le soleil qui descend, les montagnes, l'horizon, et il demande à sa mère, avec la même intonation précautionneuse et coupable : Dis, tu me montres le pistolet ? Je peux regarder le pistolet ?

26

Maintenant, une sorte de compréhension intime s'est imposée entre eux, ils se retrouvent chaque matin avec plaisir. Les chevaux hennissent, manifestent qu'ils sont heureux, chevaux et humains se comprennent et réagissent pareillement. Samuel a trouvé un lien avec son cheval – il chevauche Starman –, comme si ce dernier était devenu plus qu'un cheval, ou qu'il était devenu *enfin* un cheval, c'est-à-dire un être vivant avec lequel on peut échanger, partager au-delà de son animalité, simplement parce qu'on a en commun le froid, la faim, le calme, le temps. Starman est un beau cheval de taille moyenne. Il est robuste, son encolure n'est pas fine, mais pourtant il est gracieux – peut-être parce que cette énorme tache blanche qui dépasse le chanfrein lui a donné des yeux bleus, ce qui n'est pas si rare avec cette forme de tache, mais tout de même, Samuel est fier de chevaucher un cheval aux yeux bleus. Il aime la teinte fauve de sa robe, la balzane – ces poils blancs qui remontent des sabots presque jusqu'aux genoux –, sa crinière aux reflets roussis par le soleil. Le cheval de Sibylle est un peu plus grand, plus fin peut-être, c'est un cheval bai qui a juste une étoile de poils blancs sous le toupet, des bas de jambes noirs et une crinière très touffue et longue, elle aussi presque noire.

Ils ont pris la belle habitude, le soir, selon l'endroit où ils se trouvent, s'il n'y a pas trop d'obstacles, si les chevaux ne sont pas trop épuisés, si le paysage s'ouvre devant eux et déroule un long tapis de terre ou d'herbe, même sèche et pauvre, caillouteuse, mais avec au-devant un replat suffisamment long pour que tout à coup ils défassent la selle, laissent tomber les sacs, tout ce qui les entrave, sans rien se dire, se provoquant, se toisant et n'attendant qu'un signal, un cri, un sifflement, oui, presque tous les soirs, alors qu'ils vont bientôt s'arrêter pour bivouaquer, ils ont pris l'habitude de s'élancer et de faire la course sur quelques centaines de mètres aller et retour, chevauchant à cru, profitant de l'effet de surprise, le temps de lancer un coup d'œil en arrière et de voir comment l'autre réagit, s'il bondit sur son cheval et s'élance à son tour ou s'il prend un temps trop long, s'il refuse de partir, de jouer le jeu, s'il est trop épuisé ou si seulement il n'en a pas envie, ce qui n'est encore jamais arrivé, non, pas une seule fois, que ce soit Sibylle qui provoque le jeu ou Samuel qui le relance, aucun des deux, mère ou fils, ni aucun des chevaux n'a jamais renâclé et à chaque fois on jette un regard en arrière pour voir si l'autre suit, s'il relève le défi, s'il est capable ou s'il n'a pas envie de risquer ses dernières forces de la journée dans un pari inutile qui les amuse parce que c'est un jeu qui finit de briser les corps, de détendre l'esprit, de rompre toutes les digues de la fatigue. Et alors simplement parce que le jour décline, que le soleil est moins brûlant, les faces rocheuses se piquant d'ombres déjà moins fortes et de coupures moins abruptes, dessinant des lignes, des nuances, des reflets mauves et jaunâtres de fin de jour, le crépuscule allant baigner d'un flou grisé l'horizon et les montagnes, le ciel et les plaines en contrebas, alors on se lance à corps perdu, le corps penché sur le cou du cheval, le nez et la bouche en prise avec la crinière et les mains refermées sur les touffes de crin, les jambes plaquées contre les flancs qui s'agitent et les muscles qui roulent et les chevaux comprennent et s'élancent en fendant le vent – le frappant comme s'il était un champ de maïs trop haut qui en retour fouette le visage –, la sueur coulant dans le dos et glissant dans les cheveux, sur le front, aveuglant les yeux, ruisselant sur la poitrine, la sueur et la fatigue, l'humus de l'odeur humaine, salée, âcre, qui se mêle à celle des chevaux, la crinière et la poussière qui dégagent cette odeur et cette chaleur de l'animal et les vibrations de son corps, sa vitesse, sa fougue et sa force qui résonnent dans les bruits des sabots et des fers – claquement, martèlement, roulement sec frappé, rythmé, toujours avec le même son syncopé plus ou moins rapide, plus ou moins fort, jamais défaillant, d'une exactitude multipliée par chaque cheval lorsqu'il s'élance comme l'écho de l'autre, avec la même précision, les chevaux libérant toute leur énergie et cette puissance prête à jaillir alors qu'on la croit à sa limite – mais non, après une journée où ils avaient grimpé, trotté, où ils s'étaient arrêtés des heures à ne rien faire qu'à brûler au soleil, à brouter quand l'herbe était grasse, ça repart, un coup de talon, un geste électrisant tout le corps, les chevaux partageant l'excitation aussi entre eux, le défi devient le leur, ça dure ce que ça dure, c'est court, quelques centaines de mètres avant de retomber, de s'essouffler, de se calmer, humains et chevaux, de se dire que c'est fini, ça finit, on finit par s'arrêter, oui – et même ça est difficile : souffler, retrouver son rythme, sa respiration.

Tous les soirs ou presque, ils s'autorisent cette course folle et ne disent rien de plus après. Parfois ils rient sans trop savoir pourquoi, sans raison. Et puis le rire se tarit, au moment où ils sortent les gamelles pour dîner. Les chevaux aussi éprouvent longtemps ce moment. Ils le montrent à leur façon, hennissant, cherchant à se frotter contre Samuel et Sibylle, à revenir toujours à eux, s'agitant comme pour en redemander, déjà impatients de recommencer.

27

Parfois ils font des rencontres, des nomades, mais aussi des touristes, comme ce jour où ils croisent, à la fin de la journée, deux Français – deux hommes qui doivent avoir une petite cinquantaine d'années et portent l'attirail complet des randonneurs, chapeau type Columbia avec jugulaire ajustable, bermudas avec des poches sur les côtés et chaussures adéquates, T-shirts amples, bandana autour du cou pour l'un, lunettes de soleil genre haute montagne, deux belles gueules burinées par le soleil, cheveux courts poivre et sel, barbes de deux ou trois jours – un peu plus chez celui des deux qui s'appelle Stéphane.

Ils marchent, mais ils sont accompagnés d'un âne têtu comme il se doit, qui refuse souvent d'obéir et qui porte tout le barda. Ce soir-là, Samuel descend tout seul chercher de l'eau avec une bouteille en plastique qui les suit depuis quasiment le début du voyage. Il n'en revient pas qu'un truc aussi banal qu'une bouteille, qu'il balancerait en France sans même la regarder, devienne ici un allié dont chaque soir, chaque matin, il mesure l'utilité. Comme les feuilles de papier toilette, comme la petite pelle – on lui a appris qu'il ne fallait pas déposer sa merde partout, sans faire attention, ça attire les bêtes et tu peux corrompre la vie autour de toi, les animaux, la flore, il faut que tu prennes le moins de place possible dans le monde qui va t'accueillir. Et au début il avait fait comme sa mère le lui avait dit et répété, mais sans conviction, juste pour qu'elle lui foute la paix. Maintenant il le fait parce qu'il comprend que chaque geste peut altérer l'environnement, que chaque geste a des conséquences. Ainsi, il va chercher de l'eau tous les soirs dans sa bouteille en plastique. Il la filtre ou la fait bouillir sur leur réchaud. Ce soir, il est en train de remonter avec sa bouteille dans les mains, il va retrouver sa mère et les chevaux sur le replat où ils ont déjà installé leur campement – on fait toujours réchauffer les soupes lyophilisées entre les deux tentes, pour éviter les coups de vent et limiter les odeurs qui pourraient tenter les bêtes – on pense parfois à la peur de rencontrer des loups, des ours, ce n'est pas impossible, on ne sait pas ce qu'on ferait vraiment.

Samuel a à peine dépassé un bosquet et longé un petit couloir plein de gravier et de roches grises, parsemées d'edelweiss et de fleurs violettes dont il ne connaît pas le nom, que soudain il entend des voix – des voix d'hommes. Une seconde il s'arrête, un peu comme le chevreuil qu'il avait croisé deux jours avant, à peu près dans la même situation. Mais le chevreuil l'avait fixé de sa face grise un instant très court et s'était évaporé derrière des roches en deux ou trois bonds. Lui, il ne bouge pas. Il attend. Il voudrait d'abord entendre sa mère, car il n'y a pas de doute, les deux hommes sont à hauteur de leur campement. Tout à coup, quelques secondes, il est traversé par la terreur d'une attaque – une peur atroce qui lui tord le ventre, le paralyse. S'il était parti trop longtemps ? Le silence de sa mère l'inquiète. Les visages des types qui les avaient attaqués il y a quelques semaines reviennent, il écoute bien ce qu'ils disent, et puis soudain il réagit : ceux-là parlent français. Les rires qui éclatent et bientôt la voix de Sibylle – Samuel ne comprend pas ce qu'elle dit, mais il est rassuré de l'entendre. Son cœur bat comme un fou. Sa poitrine lui fait mal. Son souffle est trop lourd, il ne peut pas remonter et apparaître en soufflant comme ça. On croirait quoi ? Qu'il a couru ? Qu'il a peur ? Qu'il est troublé ?

Alors non. Il attend quelques minutes, il s'assied sur un rocher.

Quand il apparaît devant eux, sa mère lui présente Stéphane et Arnaud. Elle plaisante sur le fait qu'elle a eu peur en les voyant arriver et que, en les entendant parler français, elle a été rassurée – comme si le fait d'être français leur interdisait d'être des violeurs ou des assassins. Ils viennent de Nantes, ce sont deux amis d'enfance qui partent tous les ans loin des tracas de la vie de famille pour Stéphane, loin des tracas du travail – il est juge – pour Arnaud. Ils ne veulent pas rester pour le repas – du pain, des barres, des soupes, des fruits secs, beaucoup – mais ils partagent volontiers les quelques cannettes de bière qu'ils ont trouvées sur l'étal d'un marché il y a quelques jours. Ils évoquent les trajets qu'ils ont parcourus, ce qui leur reste à accomplir, les chaussures explosées, le mal aux pieds, la souffrance que c'est de s'envoyer autant de kilomètres par jour. Et ils parlent aussi de ce sentiment de plénitude d'avoir accompli quelque chose de difficile, qu'ils éprouvent chaque soir. Samuel et Sibylle disent oui, c'est vrai, mais eux sont à cheval, ils n'ont pas l'impression que l'effort est aussi dur que pour les deux hommes. Sibylle veut leur proposer de planter leurs tentes près des leurs, de rester et de partager la soirée. Samuel se raidit. Elle le sent, parce qu'il détourne la tête, soudain il disparaît dans sa tente. Quand il ressort, les deux hommes vont repartir avant que la nuit tombe, ils n'ont pas fini leur route. Sibylle leur demande si on va les revoir. Peut-être, se disent-ils, ils s'arrêteront plusieurs jours avant Osh, il y a une grande route là-bas, beaucoup de campements, des yourtes qui accueillent les voyageurs, et puis des nomades un peu plus haut, on y sera sans doute quelques jours, vous y serez peut-être avant nous ?

Oui, peut-être.

Ils ne se promettent rien et, peut-être parce que Sibylle regarde trop longtemps Arnaud, qu'elle lui sourit en laissant ses yeux traîner sur lui quelques secondes un peu insistantes, il ne sait pas, mais Samuel racle sa gorge, il espère qu'on ne les reverra pas. Les deux hommes s'en vont, l'âne rechigne un peu, et les trois silhouettes disparaissent en descendant vers la vallée.

Ce soir Samuel ne demandera pas à sa mère s'il peut prendre le pistolet. Il s'enferme assez tôt dans la tente, il écoute la musique à fond, jusqu'à très tard dans la nuit.

28

Le campement demande un peu d'habitude et de travail. On cherche d'abord à élaborer une surface plane, celle sur laquelle on installera la tente. On pose la surface plastifiée, on plante les quatre piquets aux extrémités, on monte les deux arceaux qui forment l'armature de la tente et on les fait passer dans la toile en laissant dépasser une même longueur de chaque côté ; on les courbe, on les fixe aux quatre coins de la tente, nouant le premier lacet au croisement des deux arceaux, etc. On fixe les extrémités sur le sol, on tend les piquets. Tous les soirs les mêmes mouvements, les mêmes gestes, et puis on se prépare un repas souvent frugal pour cause de place – on essaie de ne pas s'encombrer.

C'est Samuel qui va chercher l'eau s'il faut en faire bouillir, mais c'est Sibylle qui s'occupe du reste. Les pâtes de fruits, les barres énergétiques, les plats déshydratés, le chocolat forment à peu près le menu quotidien, qu'on accompagne de thé et de gâteaux au sésame, histoire de tenir. Sibylle et son fils savent que c'est ce qui permet d'attendre un repas consistant, ceux que leur offrent les habitants, car les multiples invitations à partager les repas arrivent très souvent, et même, parfois, une fois par jour.

Après avoir dîné, ils restent près du feu, la tasse en fer dans les mains. Ils ne rient plus en se disant qu'ils jouent dans un western, comme ils le faisaient les premiers jours, comme si toutes les images des vieux films pouvaient circuler en parasitant le réel et en lui donnant une couleur de fiction. Ils ne dorment pas à la belle étoile, mais chacun dans sa tente igloo, dans un sac de couchage à trois épaisseurs parce que, même si c'est l'été, le froid de la montagne est saisissant. C'est aussi pour ça qu'on ne reste pas longtemps dehors, le soir, même si l'un et l'autre aiment contempler le feu qui s'éteint lentement, les étoiles qui envahissent le ciel, l'impression d'être à deux doigts de toucher la voie lactée, comme si rien ne les en séparait vraiment, seulement une distance de quelques mètres ; et c'est comme s'ils voyaient le ciel étoilé pour la première fois, tant il semble vaste, large, profond, réellement infini.

En se couvrant d'une polaire et en s'enroulant chacun dans sa couverture, regardant les flammes qui ne laissent bientôt qu'un tas de braise – en général, c'est Samuel qui se charge de faire du feu, même s'il lui faut encore prendre beaucoup de temps et qu'il n'y arrive pas vraiment sans taper dans le stock d'allume-feu –, ils parlent peu. Parfois, Sibylle arrache des pages du cahier dans lequel elle écrit chaque soir et dans la journée, chaque fois qu'on fait une pause. Elle montre des dessins, des trucs griffonnés au stylo à bille : chevaux, paysages, des portraits de gens, de Samuel.

Un jour, il lui demande ce qu'elle écrit, parce qu'il comprend que si elle déchire les feuilles sur lesquelles elle dessine, c'est qu'elle refuse qu'il tienne le carnet, qu'elle ne veut pas qu'il tombe sur ce qu'elle écrit. Et quand il lui demande ce qu'elle peut bien raconter, il est étonné de la voir hésiter à répondre, comme s'il ne savait pas que le soir, dans sa tente, alors qu'il écoute de la musique, elle ouvre son cahier, se penche sur le côté, s'installe de façon à être dans un état où son corps ne l'empêche pas d'écrire ni de lire, la lampe frontale sur la tête. Des histoires anciennes qu'elle croyait enterrées reviennent sous une forme bizarre – un mélange de souvenirs et de rêves. Elle les note. Il lui demande si elle n'a pas peur, en les écrivant, de les faire revenir d'autant plus ? Mais elle hausse les épaules, oui, peut-être, elle ne sait pas. Elle a l'impression de pouvoir les dompter en faisant comme ça.

Mais ce soir, ils boivent du thé et ne parlent pas. Sibylle sourit, elle est joyeuse, presque bavarde – la présence des deux hommes lui a plu –, elle a été désirée, elle est flattée, sensible à ce regard imprévu d'un homme sur elle. Depuis combien de temps un homme ne l'avait pas regardée comme ça ? Depuis combien de temps elle n'a pas fait l'amour ? Samuel regarde sa mère avec étonnement – ou plutôt avec agacement –, il n'avait jamais pensé, et se le redira et s'en étonnera encore cette nuit, que cette idée ne lui était jamais venue : oui, sa mère est *aussi* une femme.

Il a bien vu comment Sibylle et Arnaud se sont regardés – et ce sourire qu'il n'avait jamais vu chez sa mère, ces regards de séduction, l'impression d'avoir surpris quelque chose qu'il n'aurait pas dû voir, d'impudique, de honteux. Cette nuit, il ne se masturbera pas. Il restera sans bouger, attendant que le sommeil vienne le libérer d'une colère qu'il ne comprend pas. Il écoutera de la musique. Puis il n'écoutera que son souffle, que la nuit, comment les chevaux semblent parfois eux aussi faire de mauvais rêves. Il entendra comment la nuit vit autour d'eux, comment des animaux viennent les épier – car ici, il le sait, c'est le territoire des animaux, mais c'est peut-être aussi celui des esprits.

29

Ça commence par une route déserte, un paysage de campagne sans voitures ni rien – et puis elle arrive sur un cheval, un cheval blanc, pas gris comme souvent mais vraiment blanc, sa peau est rose sous la robe. Tout est horizontal face à elle, sauf les deux pointes des oreilles du cheval. Le cheval avance au trot sur l'asphalte, la route est encore brillante de pluie, les fossés sont humides, les arbres dégorgent de gouttes d'eau grosses comme des billes.

C'est le matin, un hiver, un peu comme celui où elle est allée chercher Samuel chez les flics. Soudain le cheval s'arrête. Elle essaie de le forcer à avancer, il ne veut pas. Elle frappe ses flancs, l'éperonne violemment, il ne bouge pas. Elle lui caresse l'encolure, l'encourage, il s'obstine. Même, il recule. Alors elle regarde face à elle, toujours la route très droite, déserte – c'est plutôt une autoroute ou une grande nationale, elle ne sait pas, c'est large, infini, ça se déroule. Le cheval n'avance plus, mais elle, il faut qu'elle avance, alors elle descend du cheval et le prend par la bride pour avancer, mais il refuse encore, s'obstine, elle n'y arrivera pas, elle le laisse et avance seule. Elle marche dix mètres, vingt mètres, il y a des cailloux, des gravats sur le bitume. Elle avance encore, au loin elle voit des maisons de campagne – peut-être que c'est la Bourgogne ? –, les gravats se multiplient, des pierres, comme des morceaux de lave brune. Elle en prend une, c'est froid, ça ne pèse rien. Elle continue, elle avance, elle avance, lentement, fermement, elle ne court pas mais elle marche d'un pas de plus en plus rapide et n'entend pas un bruit, seulement le cheval, au loin, qui hennit derrière elle, et ses sabots qui frappent sur l'asphalte ; le cheval ne l'attend pas, il va dans l'autre sens, il va disparaître, elle le sait, elle l'entend mais ne se retourne pas. Sur l'asphalte une fumée s'évapore, et puis la brume sur la campagne, le soleil perdu dans le gris métallique du ciel. Et cette odeur de soufre. Elle trébuche sur les morceaux de lave, il y en a de plus en plus, puis des morceaux de fer, tordus, explosés, des tissus, des vêtements brûlés, noirs, une odeur de brûlé – des pneus brûlés ? de la chair ? du plastique ? Et puis le bruit de la moto, le moteur qui ronfle, un casque à quelques mètres, de motard, par terre, oui, elle court, elle veut ce casque, il le lui faut absolument, elle va arriver près de lui, elle est à presque rien, quelques centimètres du casque qui est tombé, la visière recouverte de sang, fendue, poisseuse, elle va prendre le casque, elle se penche, son cœur bat si fort mais c'est là, le bruit des ailes, des froissements, comme des voiles, un oiseau gigantesque et cette fois, cette fois seulement, lorsqu'une ombre très large s'étend au-dessus d'elle, une masse blanche qui la recouvre et un tourbillon d'air, de vent, un souffle, c'est là qu'elle a peur. Le cheval se pose devant elle. Il replie ses grandes ailes et Sibylle se réveille – déjà trois fois que ce rêve la surprend dans la nuit.

30

En 1993, Sibylle vit et travaille à Tours. Elle est étudiante en médecine, elle va devenir chirurgien – comment dit-on chirurgien pour une femme ? Elle y consacre la plus grande partie de ses journées. Sinon, elle lit. Et puis elle écrit. Enfin, plus maintenant. En 1993, elle n'a plus du tout le temps, elle étudie, passe des heures à l'hôpital ; elle possède une énergie incroyable, une conviction qui suscite l'admiration autour d'elle. Elle aime les chevaux, la randonnée, la mer. Elle aime aussi danser – on la voit souvent se déhancher dans les boîtes de Tours, le week-end on la croise dans les bars, au Donald's pub ou au Café, elle va écouter du blues avec des copains aux Trois Orfèvres et parfois, très tard, elle finit aux Joulains, pas très loin des bords de Loire.

Elle va coucher chez des garçons qu'elle ne voit pas très longtemps – des types qui voudraient vivre avec elle, qui oublient qu'ils ont une femme, qui lui font l'amour sans quitter leurs chaussettes, des types qui tiennent moins l'alcool qu'elle, qui aiment des musiques qu'elle ne supporte pas, qui n'ont jamais entendu parler de Barbara ni de Beckett. Alors ça ne l'intéresse pas tellement, ces types-là, à part pour se divertir un soir ou deux, pour se délasser du temps qu'elle consacre à ses études.

Elle a vingt-cinq ans et prolonge tant qu'elle peut une adolescence difficile et magnifique, parce que ces années auront été celles de sa vie où elle aura été la plus libre, la plus engagée aussi. Elle est de gauche, à la fois par conviction et parce que son père lui a donné le goût de la justice, du combat, d'une certaine forme de militantisme. Pour autant, elle a hérité de ses grands-parents russes une vraie méfiance envers le communisme et l'idée égalitaire. Elle ne croit pas en Mitterrand, elle pense souvent que c'est une bonne chose que son père soit mort juste après la victoire des socialistes en 1981, il n'a pas eu le temps d'être déçu. Souvent, elle pense à ce que son père lui dirait, elle essaie de poser ses pas dans ceux qu'il prendrait, selon ce qu'elle imagine. Pour sa génération, le grand combat, c'est la lutte contre Le Pen, le Front national, les idées de rejet qui montent dans ces années-là. Elle est de toutes les manifs et, depuis une dizaine d'années, il y en a beaucoup. Militante contre ce qu'on appelle alors la lepénisation des esprits, qui va disparaître dans les prochaines années, doucement, tranquillement, quand le mal sera fait, que les esprits seront suffisamment lepénisés pour que plus personne ne s'aperçoive que c'est devenu une réalité. Mais pour l'instant, ses copains trouvent qu'elle ne s'engage pas assez – c'est vrai qu'elle ne chante pas l'Internationale quand elle est soûle, vrai qu'elle refuse de porter un drapeau, rouge, noir, ou même les badges, les pin's, les signes des manifs contre l'indifférence des pouvoirs publics face au sida. Elle a toujours poliment refusé d'afficher la moindre appartenance, on lui en veut un peu, on la traite parfois de dégonflée. Elle dit oui, peut-être. Elle ne peut s'engager qu'à un certain point, elle n'a jamais pu tout à fait se convaincre qu'il fallait se fondre dans la foule, même si c'est le peuple de gauche, celui auquel elle dit appartenir. Mais au fond d'elle elle n'appartient à personne, elle essaie de s'appartenir en propre, et déjà c'est difficile, il a fallu renoncer à pas mal de rêves. Elle a laissé de côté le manuscrit qu'elle écrivait, un roman. Elle y a renoncé parce qu'elle a choisi de tout donner à ses études. Parce que sa façon à elle d'être révolutionnaire, c'est de faire que dans sa famille au moins une personne fasse des études, au moins une femme, pour une fois, qu'elle fasse un métier prestigieux – elle se dit qu'écrire ce serait trop beau mais qu'être médecin, surtout chirurgien, ce serait très grand. Elle se dit que ce serait rompre avec cette fatalité qui aplatit sa famille génération après génération. Elle ne pense pas en ambition, en réussite sociale, elle ne pense même pas en terme de revanche. Elle pense en actes. En action. Elle pense que la réussite est un cadeau à faire aux siens ; elle pense à sa famille – son frère, sa sœur, ses parents et ses grands-parents, faire des études, devenir chirurgien, non seulement ce serait extraordinaire pour elle, mais ça le serait pour eux tous.

Alors chirurgien, et tant pis pour l'écriture. Son manuscrit, son roman est quasiment fini. Il est là. Elle se dit qu'il est peut-être beau, mais que c'est trop haut pour elle, alors elle renonce. Parfois elle pense que si un jour elle a des enfants, elle les appellera par les prénoms des écrivains qu'elle aime, parce qu'ils lui ont si souvent donné la force de tenir quand la méchanceté autour d'elle se faisait trop violente, quand elle sentait qu'elle allait s'effondrer, qu'elle leur doit bien ça. Samuel, donc, car il est son secret, son arme de résistance muette pour tout encaisser, l'idée qu'elle se fait de la beauté et du désespoir, de ce fil qui fait tenir les êtres debout. Samuel, oui, ce secret qu'elle a et qui l'aide aussi à continuer ses études et surtout ce manuscrit, ce roman qu'elle n'ose pas finir, en 1993, et qui l'aide à continuer. Elle continue, il faut continuer se dit-elle, et c'est en secret, sans le dire à personne. Elle ne fait pas vraiment de politique, c'est normal, elle a dans son tiroir la seule arme réellement efficace contre la lepénisation des esprits – son roman.

31

Il est tôt quand Sibylle se réveille. Ce matin, elle se sent complètement endolorie – elle a l'impression d'avoir marché longtemps, que son corps est resté enfermé et qu'il a besoin de bouger pour retrouver de la souplesse. Elle sort avec difficulté de sa tente. La nuit, Sibylle se réveille souvent – presque toutes les nuits, vers trois heures –, et alors elle reste assise longtemps avant de se rendormir. Elle fume une cigarette ou deux – depuis qu'elle a pris la décision de partir, elle fume trois cigarettes maximum, histoire de ne pas encombrer ni ses bronches ni ses bagages. Ça a été difficile, mais la motivation l'a aidée à quasiment arrêter de fumer et de boire. Alors, lorsque les rêves ont commencé, elle a pensé que c'était peut-être un effet de ce manque d'alcool ou de tabac, ou les deux conjugués.

Au-dehors, c'est un ciel brumeux et doux qui l'accueille. Les chevaux se retournent parce qu'ils ont entendu le zip de la fermeture de la tente, ils regardent dans sa direction, hennissent, oui, la première chose c'est d'aller les saluer, de les caresser. Sibylle a un peu froid, mais l'air frais lui fait du bien. Ce matin, comme tous les matins, elle prend du papier toilette, cherche un endroit où elle peut se mettre à l'abri des regards, à l'abri de Samuel, s'il lui venait à l'idée de se lever en même temps qu'elle, ce qui n'arrive pratiquement jamais. La première fois qu'elle avait raconté son rêve à Samuel, elle avait parlé de ce cheval ailé, de la route, métaphore peut-être un peu convenue de la vie et de la mort, avait-elle suggéré, mais elle n'avait rien dit du casque de moto. Elle avait préféré parler de ce cheval ailé parce qu'il n'est pas étonnant de rêver d'un cheval, même aussi blanc et ailé, dans ce pays où l'on passe sa journée avec eux. On connaît, parce qu'on les a lues avant de partir, toutes les histoires sur les chevaux du Ferghana, dont on a dit pendant des siècles qu'ils suaient du sang, qu'ils étaient le résultat de métissage de juments domestiques et de dragons ou d'un dragon et d'une licorne blanche.

Elle ne redoutait pas la nuit, parce qu'elle pensait encore, dans les premières semaines, que ça ne durerait pas. Des rêves. Des souvenirs. Des souvenirs que venaient soudain coloniser des rêves – d'étranges scènes qu'elle ne comprenait pas, dont elle ne visualisait pas bien les images mais qui lui laissaient toujours une forte impression, comme si, après, elle était plus épuisée encore qu'avant de dormir. La journée, on marchait, on chevauchait, on traversait des paysages, mais on le faisait presque toujours en silence, ne parlant que de l'essentiel, que des choses à faire ou à voir – de la nourriture, de l'eau, des routes. Alors Sibylle restait toute la journée dans un étrange état d'inquiétude, souvent enfermée en elle-même, comme si vivait en elle une *arrière-pensée*, oui, une pensée à l'arrière d'elle-même, toujours présente, toujours en cours, calfeutrée dans un coin de son cerveau tant que durait le jour et qui surgissait et s'attaquait à elle, se réactivait non pas à la tombée de la nuit mais après, alors que Sibylle s'enfonçait dans le sommeil et laissait tomber les défenses avec lesquelles elle pouvait vivre pendant la journée.

Un matin, elle avait fini d'en parler – un jour on reconnaît les rêves, on sait ce qu'ils nous disent, on sait à qui ils s'adressent en nous. Et alors il n'est plus question de les partager, de s'en étonner avec des proches. Il est seulement possible de laisser l'onde de choc qu'ils produisent en nous se répandre, s'étendre, nous laissant dans l'hébétude, dans l'écho des mots qu'ils nous ont prononcés et qui agissent en nous de très loin, nous ramenant à une période de notre vie qu'on croyait morte et oubliée. Ce matin, est-ce qu'elle pourrait raconter comment elle a revu sa jeunesse, ce qu'elle faisait en 1993 ? Une station-service, qui était située avenue de l'Alouette, à Tours ; c'est ça, tout lui revient : cette station Mobil qui était le seul endroit ouvert dans lequel elle venait acheter le soir deux ou trois bricoles – elle habitait juste derrière –, et où elle discutait avec le garçon qui tenait la minuscule épicerie. Quand la nuit tombait on voyait, sur le mur principal, face aux pompes, un immense cercle lumineux, très blanc, et à l'intérieur un Pégase s'élançant dans l'air – un cheval ailé rouge. Elle se souvient du cheval rouge mais surtout de ce halo si lumineux et de ce garçon qu'elle avait rencontré là-bas, un soir, qui s'appelait Gaël et qui était motard, et qui, surtout, lui avait souri comme personne ne lui avait jamais souri dans sa vie.

32

Ce matin, Samuel ne parle pas de comment il a été agacé par les deux hommes la veille au soir, comment il a été surtout irrité par son comportement à elle, comment il n'a pas aimé voir sa mère en train de jouer le jeu de la séduction. Samuel se sent de mauvaise humeur, elle le voit tout de suite. Depuis qu'ils sont partis, la seule fois où il avait été vraiment insupportable, ça avait duré trois jours, c'était après l'attaque des types et la soirée chez Bektash et Djamila. Il avait été furieux de se sentir en danger, de se sentir démuni, vulnérable, de voir que sa mère avait sympathisé et ri avec Djamila, comme si à chaque fois que sa mère avait un moment où elle pouvait ne pas être *uniquement* sa mère, il devenait furieux.

Pourtant, il va beaucoup mieux. Elle le sent. Il va mieux. C'est-à-dire, lentement, doucement, les choses apparaissent, il revient vers la vie, ou plutôt il commence, pas à pas, à accepter de prendre le temps de regarder autour de lui ; c'est comme si tout à coup il découvrait qu'un monde existe qui n'est pas lui, dont il n'est pas le centre. Mais il se réfugie encore beaucoup derrière ses écouteurs, il partage assez peu de choses avec sa mère. Ils vivent sans vraiment se parler, l'un à côté de l'autre, mais sans hostilité, sans l'animosité qu'ils éprouvaient l'un pour l'autre à Bordeaux quelques semaines encore auparavant. Tout est fragile, tout peut échouer, et Sibylle ne comprend pas pourquoi, ce matin, elle sent un regard si hostile, si violent, comme si dans son dos elle ressentait cette haine que Samuel semble projeter sur elle – mais non, se dit-elle, j'ai mal dormi, c'est seulement une idée que je me fais.

Comme tous les matins, Samuel commence sa journée en tentant de rassurer les chevaux, en leur parlant à l'oreille, en leur expliquant qu'il va devoir leur poser le tapis de bât sur le dos, la selle, les sacoches, la sous-ventrière. C'est délicat, et il a senti chez les chevaux une forme d'excitation, d'agacement, d'inquiétude peut-être. Mais il finit par se dire que c'est peut-être seulement lui qui projette sur eux son état mental, ou eux, alors, qui entrent en résonance avec ce qu'il dégage, ce que sa mère ressent aussi au moment de partir, lorsqu'elle lui demande, ça va ? Tu es sûr ?

Oui. Ça va.

Alors ils partent et grimpent pendant une bonne heure un versant assez abrupt. Autour, il n'y a bientôt plus que des glaciers – on doit être au moins à quatre mille mètres –, il fait vraiment froid. Ils sont bien couverts, bonnet et cache-col, comme en hiver, autour d'eux des plaques de glace apparaissent, des fragments éparpillés qui projettent des morceaux d'un ciel bleu et dur comme le verre, comme si des mini-lacs d'atoll venaient crever la montagne et surgissaient de nulle part. De grands oiseaux (milans ? aigles ? faucons ?) volent trop loin pour qu'on puisse les identifier, des animaux mais surtout l'impression d'un monde minéral où la végétation semble comme écrasée. Et ils avancent, Sibylle explique qu'ils redescendront de l'autre côté du plateau – c'est un plateau qui doit faire une bonne dizaine de kilomètres, très à plat, on y trouvera normalement un peu d'eau et du pâturage, on pourra s'arrêter un peu ou continuer si on a trop froid, et redescendre de l'autre côté pour reprendre des chemins plus balisés, trouver des campements, des nomades ou des villages, peut-être même une ville un peu plus grande, on verra.

Ils avancent sur cette vaste esplanade herbeuse ponctuée de blocs de glaces. Et ils tombent dans le piège facilement, sans se rendre compte qu'il se referme sur eux et qu'ils ne pourront pas faire marche arrière.

33

Les glaciers qui les surplombent forment comme des murailles blanches aux reflets métalliques, bleus, gris, et s'ils entendent des écoulements, des ruissellements, Sibylle et Samuel pensent seulement à la rivière qu'ils ont croisée et qu'ils ont réussi à traverser sans trop de difficulté, à gué, sur des cailloux – une rivière dont le débit était pourtant rapide, tumultueux, mais peut-être pas assez féroce pour qu'ils y prennent garde et se disent qu'il est le signe d'un autre danger. Car en avançant entre les murailles de glace, en écoutant l'eau qui ruisselle de chaque côté, ils comprennent que la rivière est gonflée par la fonte des glaces, qu'elle se nourrit de l'effondrement de la glace, de son émiettement. Au départ, l'eau s'infiltre dans la terre trop sèche qui d'abord n'absorbe rien et forme un fond à l'accumulation de l'eau. Et puis lentement, doucement, l'eau s'infiltre, s'imbibe, le sol devient mou – herbes, cailloux, terres, un limon spongieux qui enfle et se transforme lentement, se nourrissant, se gonflant, se colorant jusqu'à ce qu'un marécage s'étende, tentaculaire et profond, engloutissant dans son fond de vase tout ce qui veut l'emprunter. Ça se fait lentement, en quelques jours, peut-être en quelques semaines.

Mais pour eux, maintenant, il est déjà trop tard ; ils ont trop avancé lorsqu'ils comprennent que cette esplanade qu'ils croyaient froide mais paisible s'ouvre sur un sol imbibé d'eau. Et c'est au moment où l'eau arrive aux genoux des chevaux que Sibylle s'arrête et se retourne pour regarder derrière elle. L'eau arrive aux genoux des chevaux, mais à la regarder, elle ne devrait pas, elle devrait arriver un peu au-delà du sabot. Ça veut dire qu'on... Est-ce qu'on peut envisager un repli, repartir, rebrousser chemin ? Elle essaie de faire faire demi-tour à son cheval, mais l'effort de ce demi-tour lui arrache un hennissement si puissant et douloureux qu'il se braque et revient dans sa première position ; non, il ne peut pas se retourner, soulever un sabot, une jambe, l'autre, tout son corps, son poids et celui de Sibylle et les sacoches pleines, le sac roulé derrière, c'est impossible. Sibylle caresse l'encolure de son cheval, elle se penche sur lui pour le rassurer. Oui, le calmer, il faut le calmer. Sibylle sent qu'il a peur, que la panique le guette, mais en levant les yeux elle voit d'abord le visage blême de Samuel qui s'est arrêté à son tour et l'interroge d'un mouvement de tête comme s'il disait, qu'est-ce qui se passe ? On est où ? Qu'est-ce qui est en train d'arriver ? Comme s'il avait besoin de sa confirmation ou qu'elle lui dise, mais tu ne le vois pas ce qui se passe ? Tu ne vois donc jamais rien, Samuel ?

Sibylle comprend que faire du surplace c'est s'embourber, la boue est le danger, non, il faut continuer, il faut aller plus vite, le plus vite possible, Samuel qui réagit :

Maman, maman ! Putain, on s'enfonce ! On s'enfonce !

Et tous les deux se mettent à crier et à claquer leurs talons dans les flancs des chevaux, ils éperonnent de toutes leurs forces, ils crient, s'agitent, les chevaux alors se lancent pour s'arracher à cette mélasse qui les avale, pour se hisser, et ils bondissent et déploient toute leur puissance, leur énergie, les muscles saillants, les muscles bandés, le corps tendu ; mais ils avancent par à-coups, presque rien, des sauts de puces, des bonds brisés à peine lancés. Et pourtant ils continuent et ensemble on s'agite, on gueule, les chevaux aux yeux exorbités par la peur ; ils se lancent et gagnent, grignotent vingt, trente, cinquante centimètres et puis dans un effort immense retombent dans l'immobilité qui voudrait les prendre – les flaques de boue noirâtres sous la verdure, plus d'herbes du tout, plus de pierres du tout, seulement, autour d'eux, qui semblent les regarder et les condamner, prêtes à se replier sur ce dôme qui devait les aider à aller plus vite vers Osh, des falaises et des crêtes, comme une gouttière en zinc, qui les condamnent à continuer pour sortir de ce tunnel. Les chevaux hennissent et s'enfoncent jusqu'au ventre – les chaussures et les bas de pantalons saisis par cette matière visqueuse et froide, et la peur qui monte avec ce bruit horrible, ce glougloutement qui avale tout et régurgite comme un organisme au travail, on crie, les bêtes avancent, on va tenir, il faut tenir, une heure passe et puis une deuxième, on avance trop lentement – est-ce que les chevaux auront la force ? Il fait froid et pourtant chevaux et humains transpirent et la chaleur brûle ; on était glacés il y a encore si peu, et maintenant les chevaux transpirent eux aussi et les éclats de boue volent à chacun de leurs sauts, quand ils retombent et pataugent, effarés, stupéfaits, les sacoches qui prennent l'eau, des plaques gluantes, noires, des paquets de boue collés sur les visages, les mains, les doigts poisseux, les crins des chevaux et le corps en entier, les vêtements constellés de taches, des relents de corps putrides – l'effort, l'effort encore, l'effort jusqu'au bout, quatre heures à alterner les moments de combat et les relâchements.

On reprend souffle et on repart, les jambes tremblantes, les chevaux qui s'enfoncent ou glissent. Et enfin, plus loin, là-bas, à une dizaine de mètres, oui, un talus nous attend qui avance vers nous, vers le marais ; si on y arrive, et il faut qu'on y arrive, il le faut, on se le dit pour soi-même parce qu'on n'a plus la force du moindre mot, juste des sons pour cracher aux chevaux l'ordre de continuer, mais pour le reste les sons ne sont que des cris qu'on expulse, on va y arriver, oui, un talus assez vaste pour nous accueillir, et déjà on regarde avec envie les pierres pointues et osseuses, trop saillantes, on rêve de s'esquinter les pieds sur la terre ferme.

34

Mais l'espoir que le talus a créé suscite d'autres obstacles, d'autres paris : il faut l'atteindre pour contourner la cuvette si l'on veut pouvoir rejoindre l'autre versant de la montagne et espérer redescendre par ce côté. Il faut compter deux heures pour y parvenir, c'est-à-dire pour seulement réussir à monter sur le bord de ce talus qui semble s'enfoncer au fur et à mesure qu'on en approche – l'agacement, la fatigue, les chevaux épuisés, et celui de Sibylle, tout à coup, qui refuse d'avancer – soudain il ne bouge plus. Il respire très fort. Ses yeux fixent la boue qui monte encore. Sibylle s'arrête quelques secondes. Elle aussi respire très fort. Elle essaie de ne pas bouger, elle lui caresse l'encolure, ça va, ça va aller, il faut qu'on avance, il faut que tu y arrives, d'accord ? On y est presque, on y est, oui... Et elle lui parle comme s'il était humain, comme s'il avait besoin d'abord d'être réconforté et consolé d'un malheur trop grand pour lui.

C'est comme si Sidious ne l'entendait pas. Alors le poids du cheval, de Sibylle, du bât, des sacoches, lentement mais inexorablement, tout s'enfonce ; le corps bascule, mais pas partout de la même manière, non, lentement, irrémédiablement, comme une plongée au ralenti, il glisse sans s'en rendre compte vers l'arrière, mais aussi vers le côté droit, car ça non plus n'est pas symétrique, ni le devant avec le derrière, ni le côté droit avec le gauche. Samuel s'en rend compte et crie pour prévenir Sibylle ; elle ne peut rien faire. Alors Samuel frappe son cheval pour qu'il avance et se place à côté de Sidious comme pour lui servir d'appui, comme un étai, et bientôt on y est, voilà, Samuel prend une des sacoches pour libérer Sibylle et alléger le poids sur son cheval, il passe devant et tire le licou – Sidious repart et arrive, tremblant, effrayé, jusqu'au talus qu'il faut longer tout de suite, sans attendre.

Et alors, pour faire le tour de la cuvette il faudra traverser un bras d'eau – mais cette fois ce bras est vif, l'eau est claire, limpide, elle roule sur un lit de cailloux qu'on peut apercevoir, parfaitement arrimé au sol. On y va. On fait quelques mètres, et puis il faut s'enfoncer et ressortir peut-être une bonne centaine de mètres plus loin. Ils sont en train de s'en sortir et la peur et la joie se libèrent dans une émotion qu'ils ne reconnaissent pas, l'envie de courir, de galoper, ils voudraient aller plus vite et décident de descendre pour retrouver un endroit plus chaud. Il doit être autour de quinze heures, alors, oui, sur ce versant il doit y avoir des plateaux où le soleil frappe à traits redoublés – ils s'imaginent déjà en train de se réchauffer à ses rayons, pourvu qu'un tel endroit, où l'on pourra se reposer, se réconforter, pourvu qu'il existe. Mais pour l'instant il faut encore travailler à descendre, ne pas glisser sur l'herbe mouillée et la terre qui semble parfois instable – des flaques d'eau leur rappellent qu'ils ne sont pas encore sortis d'affaire. Face à eux, sur l'autre rive, un glacier – son mur de glace et d'à-pics surplombant leur versant et cette montagne qui semble ridicule face à lui. Et puis ils dévient, descendent, le glacier s'écarte pour les laisser passer. Ils vont marcher comme ça à côté des chevaux pendant encore une heure, avant de s'arrêter.

Le soleil frappe encore généreusement le petit replat qui s'offre à eux. On décharge les bêtes, les mains sales, puantes. Pour l'instant il faut tout sortir, tout étendre. Et puis, là-bas, juste un ruisseau. Alors ils vident tout : les sacoches, les tentes, les sacs de couchage, les fringues, en se disant que le soleil devrait sécher le tout assez rapidement – même si la puanteur de la boue est la plus forte, qu'elle restera collée aux vêtements, aux objets, aux outils, pendant des jours. Mais surtout chacun se dépêche de regarder ce qui compte le plus pour lui. Pour Samuel, c'est de vérifier que son smartphone va bien – oui –, que sa tablette et sa recharge vont bien – oui –, que son vieux baladeur va bien – oui –, que ses disques vont bien – oui –, que son lot de piles aussi va bien – oui. Il dépose chaque pile debout les unes à côté des autres sur une pierre plate, il fait l'inventaire de tout ce dont il a besoin. Il imagine s'il avait perdu son smartphone, sa tablette, sa musique : quelque chose de lui-même.

Sibylle saisit l'enveloppe de feutre qui est trempée – mais à l'intérieur, le pistolet de Djamila n'a rien. Les cartouches qui sont dans l'arme non plus, mais la boîte avec les quelques munitions est mouillée. Sibylle pourrait sauver les balles en retirant la poudre comme elle l'avait vu faire des dizaines de fois dans des vieux westerns. Non, elle les jettera. Les quelques cartouches qui restent dans le pistolet, de toute façon, ce sera bien suffisant.

Mais ce qui compte le plus, pour Sibylle, c'est ce cahier noir dans lequel chaque jour elle consigne tant de choses. Ce cahier qui reste intact, comme miraculé ; elle le feuillette, passe d'une page à l'autre. Son écriture est là, elle la reconnaît comme elle l'a tracée, les mêmes mots rapides, les mêmes lettres obstinément penchées – comme si elles étaient en train de foncer vers une destination inconnue, à toute vitesse, ou qu'elles résistaient à un vent furieux.

35

Samuel est assis sur un rocher que la chaleur du soleil a dû frapper longtemps – le rocher est plat, à peine quelques anfractuosités, des reflets métalliques de silicates, quelques touffes d'une herbe jaune, rachitique – et il vient de mettre ses écouteurs ; il écoute la musique à fond, quelque chose qu'il aime bien, un vieux truc de Nirvana. Il voudrait ne plus entendre son souffle dans sa poitrine – ou croire que c'est seulement l'excitation due à la musique, la palpitation de son tempo, mais non.

Il sait bien. Il regarde sa mère. *Sa pauvre mère.*

Il pense : *Ma pauvre mère.*

Mais ce n'est pas un sentiment de compassion, de compréhension, ce n'est pas un mot de consolation qu'il pourrait avoir à lui donner pour qu'elle sèche ses larmes – non, qu'elle les ravale, ses larmes, on ne fait pas la différence avec la boue, toute cette merde dans laquelle ils ont pataugé et dans laquelle les chevaux ont bien failli rester. Cette fois sa décision est prise : dès qu'on descend dans une ville, il enverra un SMS à son père pour qu'il vienne le chercher. Il sait bien qu'il ne pourra pas être là dans la semaine, mais peut-être que la suivante il sera là, peut-être que dans une semaine il pourra rentrer en France et en finir avec cette aventure qu'il n'aurait jamais dû accepter. Et il repense à ce que son père lui avait dit, ta mère, toujours de grandes idées qui se terminent mal. Ta mère, elle est bien gentille mais trop fragile, une gentille petite fille qui veut rouler des mécaniques et faire croire qu'elle peut soulever des montagnes.

Et il regarde sa mère en train de nettoyer comme elle peut, dans l'eau du ruisseau, les tentes igloo, comme elle peut, avec rien, seulement ses doigts, entêtée à rincer dans l'eau du ruisseau et puis à les étendre sur les pierres, sur le sol, là où il lui semble que le soleil peut encore les sécher, les vêtements, les outils, les sachets de bouffe déshydratée, le réchaud. Elle frotte, elle astique et étend les choses les unes à côté des autres. Heureusement il n'y a pas de vent, pas besoin de poser des cailloux pour empêcher les vêtements et les papiers, les tissus de s'envoler. C'est déjà ça. Mais il la regarde, *ma pauvre mère*, son air obstiné, buté, ses joues rouges, brûlées, griffées. Elle est folle de rage, ou de honte, ou désespérée. Peu importe. Les paupières gonflées par des larmes qui ne tombent pas mais les transforment en gigantesques poches brumeuses. Mais la violence de ses gestes, sa maladresse, sa rapidité, elle veut tout faire, elle n'ose pas un regard sur Samuel – elle sait ce qu'elle y verrait. Ce regard fixe qu'il a sur elle.

Boum. Boum. Boum. La musique qui tape. La voix de Kurt Cobain et l'œil de Samuel sur sa mère. Il la regarde, il comprend bien pourquoi son père avait décidé de la quitter. Il se souvient, à Paris, un jour où il était allé déjeuner avec lui dans un restaurant de la rue Dante ; son père lui avait parlé *entre hommes* – oui, ce mot que Samuel avait trouvé exagéré mais qui au fond de lui l'avait flatté et disposé à entendre son père avec une attention elle aussi exagérée et soutenue –, son père qui lui avait parlé de toutes les fragilités de sa mère. Oui, il avait fini par la quitter. Oui, ça voulait dire aussi quitter son fils.

Alors, entre hommes, il pouvait le reconnaître, c'est vrai, pour rien au monde Benoît n'aurait quitté sa famille ; mais un homme, tu ne le sais peut-être pas encore, ça a de grands besoins sexuels et puis, avec mon travail, et puis, ce n'est pas drôle de rentrer chez soi tous les soirs avec une femme qui t'attend toujours en peignoir et avec sa clope qui fume dans le cendrier... Si tu crois que je n'ai pas fait ce que je pouvais. Je l'ai trompée, oui, plusieurs fois. Si je ne l'avais pas fait je l'aurais tuée, tu comprends, je n'en pouvais plus, moi...

Samuel repense à ça et il regarde sa mère qui se débat avec trois gamelles pleines de boue. Il a envie de lui gueuler qu'il comprend pourquoi son père est parti, que c'est à cause d'elle, que tout est à cause d'elle, qu'il est parti par sa faute à elle et que maintenant c'est lui qui va partir et ce sera aussi de sa faute à elle. Sibylle frotte ses mains pleines de griffures et ses bras tachés de boue. Samuel pense qu'il la déteste, qu'il ne veut pas lui ressembler. Il a honte, tellement honte, il éprouve du dégoût et une sorte de pitié dont il a honte aussi.

Sa mère, sa mère, *sa pauvre mère.*

Il voudrait qu'elle soit morte ; il voudrait pouvoir regretter sa mère et garder à l'esprit une simple image d'elle, lorsqu'il était enfant, un souvenir qui lui tiendrait lieu de mère. Ce serait magnifique, sans aspérité, une image morte mais chaude, loin de ce qu'il voit de sa mère aujourd'hui – oui, parfois, il préfèrerait que sa mère soit morte.

36

Elle sait bien comment il la regarde et comment, sans doute, il a raison de la voir. Elle retrouve ce regard que Benoît peut avoir sur elle et qu'il avait eu la première fois, lorsqu'il était venu la voir à l'hôpital, en Corse, à Ajaccio. Quand elle lui avait demandé comment on l'avait retrouvée et qu'il lui avait répondu qu'elle était une miraculée – ajoutant en se voulant drôle : il n'y a de la chance que pour la mauvaise herbe.

La Corse, oui, le GR...

Elle avait complètement oublié comment elle s'était perdue, ce qui avait pu se passer – elle s'était souvenue de la morsure du froid et de la faim, des sensations qui étaient entrées dans son corps et revenaient parfois, comme un souvenir imprimé en elle, comme on peut faire l'expérience de la brûlure et par la suite redouter le feu devant une boîte d'allumettes. Mais comment elle avait fait pour se retrouver aussi démunie, seule dans une gorge et avec cette blessure à la tête ? Elle s'était perdue, elle était tombée, elle était restée évanouie pendant longtemps, elle ne savait plus rien... Elle avait raconté ça, et lui l'avait regardée avec ce regard que Samuel doit avoir aujourd'hui – l'air attentif, professoral, vaguement sévère, avec, pourtant, quelque part aux coins des lèvres, ou, peut-être, perceptible dans une ride près de l'œil – autour de ces fameuses pattes d'oie qui lui donnaient du charme, c'est vrai –, quelque chose d'indéfinissable, de mystérieux, volatil et furtif, mais qui circulait dans l'expression du visage, une sorte de compréhension attendrie et amusée qui semblait dire qu'on serait bien incapable, au fond, d'en vouloir à cette grande fille maladroite et naïve qui présume tant de ses forces et se met en danger toute seule...

Mais à l'époque – on était en 1998 –, elle était à bout de tout, et un gouffre sans fond s'était ouvert sous ses pieds. Elle avait trouvé non seulement normal que Benoît la regarde comme ça, avec ce soupçon de condescendance ou de mépris, mais elle lui avait même été reconnaissante de s'intéresser à elle, de ne pas la laisser sombrer. Et si elle ne l'aimait pas, elle lui était redevable de lui faire croire qu'un homme pouvait encore se pencher pour la ramasser ; qu'un homme puisse perdre son temps pour la hisser hors de ce débris qu'était sa vie, elle en était tellement soufflée, tellement secouée qu'elle n'avait pas pensé une seconde qu'elle aurait dû ne pas être seulement attendrie pour accepter la demande en mariage de Benoît.

Et il avait eu raison quand il avait dit qu'il ne fallait pas qu'elle organise ce voyage, quand il disait qu'elle n'en serait pas capable. Elle qui voulait sauver son fils de la délinquance ou d'on ne sait quelle déchéance, qui s'était crue plus maligne que les autres avec sa belle idée originale, eh bien, elle avait fait pire que tout, bien pire ; en voulant lui donner à reprendre contact avec ce qu'elle pensait être la vraie vie, elle avait mis au moins deux fois la vie de son fils en danger ; elle avait détruit une partie de leurs affaires, tout croupissait dans la boue et puait la charogne, et, après tout, ils auraient aussi bien pu mourir ici tous les deux.

Elle a honte, elle s'en veut et maintenant elle s'agite comme une gamine qu'on punit et qui doit nettoyer tout ce qu'elle a salopé – trier, jeter, ranger.

Et pourtant, elle sait qu'il ne faut pas renoncer, pas encore, pas maintenant ; elle ne peut pas s'y résoudre. Elle repense que ça n'a pas toujours été comme ça dans sa vie, qu'il y a eu des moments où les gens se retournaient dans la rue pour regarder cette jeune femme qui dégageait une énergie et un amour si grand qu'ils auraient tous parié que rien ne pourrait lui résister. Mais c'est tellement loin dans son esprit, dans sa vie, l'histoire d'une vie ancienne, d'une vie morte, d'une vie où elle avait cru qu'une femme comme elle pouvait être chirurgien ou écrire des romans. Et quand cette idée, ces idées-là, ce à quoi elle avait cru si fort, ce en quoi elle avait longtemps forgé l'espoir de son avenir, quand ils lui reviennent en mémoire, aujourd'hui, tous ces souvenirs, quand l'amertume de toutes ces prétentions lui revient à l'esprit, elle se sent rougir comme une gamine honteuse, prise la main dans le sac. Chez elle, dans la cuisine ou dans son bain, ne faisant rien, simplement en laissant refluer ces chimères pourtant enfouies si profondément qu'elles avaient complètement disparu de sa vie – Beckett, les copains de Tours, New Order et Bowie, elle rougit, disparaît dans la mousse de son bain, s'enfouit sous les draps quand elle est dans son lit ou bien détourne la tête si elle est avec quelqu'un. C'est une bouffée de honte, comme si soudain elle prenait conscience de la prétention qu'elle avait eue pendant toute sa jeunesse. Car bien sûr, ça ne sert à rien de rêver, de ne pas savoir reconnaître qu'on n'est pas capable, simplement pas capable. Bien sûr, il a raison Benoît, c'est plus dur d'assumer d'être celle qu'on est, de n'être que cette personne qu'on est. On n'est pas un autre. On n'est que ce corps, on n'est que ce désir bordé de limites, cet espoir ceinturé. Alors il faut apprendre à s'en rendre compte et à vivre à la hauteur de sa médiocrité, apprendre à s'amputer de nos rêves de grandeur, vivre au calme, à l'abri de nos rêves. Où est-ce qu'elle avait pu croire qu'une fille comme elle aurait pu écrire des livres, des romans ? Et même, un moment elle avait travaillé comme une folle à son roman, elle avait travaillé comme une folle pour devenir chirurgien, et tout le monde l'en avait crue capable, tout le monde s'était trompé avec elle, oui, tout le monde lui disait qu'elle aurait fait son métier avec talent et abnégation. Tout le monde s'était trompé pour la chirurgie, et heureusement, personne n'avait su pour le roman.

Le plus souvent elle oublie, mais parfois ça revient : une bouffée de honte. Elle n'éprouve même pas un vague sentiment de tendresse, de pitié amusée, de reconnaissance pour la jeune femme qu'elle a été, qui avait cru qu'on peut vivre et accomplir des choses plus grandes que nous. Non. Pas de sentiments, pas de pitié – juste la honte, le dégoût, le mépris de soi.

37

Pourtant, en 1994, elle a un sang-froid hors du commun, une résistance physique, psychologique, nerveuse, qui font pâlir d'envie autour d'elle.

Pourtant, Gaël ne fait pas que lui sourire comme personne ne lui avait jamais souri avant, il lui fait l'amour comme personne ne le lui avait jamais fait.

Pourtant, depuis quelques mois, lorsqu'elle se croise dans un miroir, que ce soit chez elle ou dans les toilettes d'un bar, d'un restaurant, elle trouve que cette jeune femme aux cheveux longs, à la peau très blanche, avec ses taches de rousseur discrètes et sa peau très fine, oui, elle n'en revient pas : elle lui trouve une vraie beauté, elle s'étonne que la fille dans le miroir lui sourie, elle s'étonne de son air si lumineux et décidé.

Pourtant, en 1994, elle est d'une patience et d'une minutie, d'une habileté manuelle sans pareille. Dans quelques années elle sera chirurgien, elle est dans sa deuxième année d'internat, elle se prépare à la chirurgie générale. Quand on lui demande pourquoi elle veut faire ça, elle dit : « je veux faire mécano ». Puis elle rit et change de conversation. Comme si elle ne voulait pas dire qu'elle est agacée de ce qu'on demande toujours aux femmes *pourquoi* elles veulent faire un métier habituellement exercé par des hommes.

Pourtant, elle a une bourse d'études et elle va continuer.

Pourtant, elle habite à Paris maintenant, au 10 de la rue Le Brun, dans le 13ᵉ arrondissement. Une rue discrète qui donne d'un côté sur l'avenue des Gobelins et de l'autre sur le boulevard Saint-Marcel, dans le cinquième. Elle aime bien le quartier, la proximité de Mouffetard, de la place d'Italie.

Pourtant, donc, en 1994, celle qui n'est pas déjà Sibylle Cassin mais qui porte encore le nom russe de ses parents – Ossokine –, pense que la vie s'ouvre à elle, que c'est comme une ouverture sans fin qui n'attend qu'elle pour lui offrir tout ce qu'elle peut attendre et même au-delà. Mais elle y travaille, elle n'est pas naïve, rien n'arrive sans travail ni acharnement ; rien n'est promis à personne s'il n'y tient pas absolument, le bonheur est à conquérir chaque jour ; il faut de l'obstination et du courage, du cœur à l'ouvrage, oui – et ça, de toute façon, Sibylle n'en manque pas. Elle est embarquée dans une vie qui lui ressemble, qui va vite, qui s'ouvre, et surtout elle a Gaël à ses côtés. Ils font de la moto tard dans la nuit en écoutant de la musique, rien ne peut leur arriver. Les lumières de la ville, les lumières dans la nuit défilent autour d'eux, elle tient Gaël par la taille – et dans le casque on écoute David Bowie à fond, la chanson qui parle de la chute du mur de Berlin, *I / I will be king / And you / You will be queen...*

38

Depuis le sommet d'où on l'aperçoit, le lac est une fève géante d'un bleu profond tirant sur le noir. Le plan d'eau s'ouvre en plein milieu d'un vaste terrain herbeux qui l'encercle entièrement. Des roches serpentent en une ligne qui reprend plus ou moins la même forme, longeant le pourtour de la fève, mais à distance, au moins à une trentaine de mètres. Les roches dessinent une sorte de collier aux pierres irrégulières, grises et noires, qui se dessine assez nettement vu d'en haut. Le sol semble solide, plat, peut-être légèrement incurvé vers le lac, suffisamment irrigué pour que l'herbe n'y soit pas sèche et reste verte et grasse et, surtout, bien exposée au soleil pour qu'on puisse y lézarder un long moment.

Sibylle et Samuel décident de s'y arrêter, de prendre le temps. Ils y laveront leurs affaires et se laveront d'abord eux-mêmes, feront prendre un bain aux chevaux, même s'ils se demandent quelle sera leur réaction en entrant dans l'eau.

Une fine bande de sable dessine comme un ourlet ; parfois elle s'ouvre et devient assez large pour devenir une plage. Tout à l'heure, les chevaux, en sortant de l'eau dont ils se seront abondamment abreuvés, avant d'aller brouter cette herbe épaisse d'un beau vert sombre et de s'y coucher, viendront s'ébattre et se rouler sur le sable. Ils seront heureux, et sans doute que Sibylle et Samuel le seront aussi – autant qu'ils le peuvent. Car depuis hier soir, chacun a fait ce qu'il a pu pour ne pas laisser éclater sa colère ou son ressentiment, pour que la peur et l'angoisse accumulées ne laissent pas exploser des mots qu'on regretterait d'avoir dits et qui entraîneraient trop loin. Chacun a fait ce qu'il a pu pour que les choses continuent sans trop de problèmes, sans trop de heurts, pour éviter d'assumer la colère, la haine, le mépris d'un côté, ou le regret, le dépit, la honte de l'autre. Et alors, d'un accord tacite, avec douceur et précaution, presque chaleureusement – parce que mère et fils ont senti chez l'autre le même désir de ne pas entrer en conflit, de ne pas essayer de régler des comptes qu'une engueulade ou que des mots, de toute façon, vu l'état de fatigue de chacun, vu l'état aussi, peut-être, de choc (la conscience rétrospective de ce qui s'était passé, l'odeur atroce de la boue, la boue qui éclabousse, les chevaux qui vacillent, le risque de la mort, l'épuisement), n'auraient pas eu le pouvoir d'annuler –, on avait choisi de se consacrer uniquement à ce dont chacun avait besoin : manger, ne pas avoir trop froid, dormir.

Ils avaient réussi à se réchauffer un peu, le soleil qui frappait sur les pierres avait pu sécher pas mal de fringues et d'objets. Ils avaient monté les tentes et même pu faire cuire des nouilles chinoises et boire du thé. Mais il avait fallu rester crotté, puant, l'eau glacée du ruisseau n'avait pas pu venir à bout de l'odeur de vase ni de cette couleur de merde qui avait tout souillé. Même les chevaux avaient dû se contenter de frotter leur nez dans le ruisseau pour boire et apprécier la fraîcheur d'une eau pure, en léchant les pierres froides qui tapissaient le fond d'eau. Samuel les avait brossés, il avait passé un temps considérable avec eux pour les calmer, les rassurer, avait frotté patiemment leur robe, mais il n'avait pas réussi à les débarrasser complètement de cette pellicule grasse qui s'était imprégnée en eux, il avait débourré les sabots avec un couteau, avait brossé leurs crinières, mais rien n'y avait fait.

Samuel avait regardé sa mère pendant qu'il mastiquait ses pâtes, un regard insistant et vide – non pas accusateur ou dur, mais comme chargé de consternation, d'incompréhension, de tristesse peut-être, de perplexité et d'étonnement, comme s'il se demandait qui était cette femme avec qui il était parti. Puis il était entré dans sa tente. Mais avant, il avait dit, sans colère, sans montrer d'agacement ou de nervosité, de peur, mais plutôt avec une détermination dont il voulait que Sibylle comprenne qu'elle serait jusqu'au bout sans faille, qu'il laisserait un message à son père dès qu'on trouverait un endroit où il y aurait une connexion.

Elle avait hoché la tête, avait plongé les yeux dans sa tasse. Elle avait voulu présenter ses excuses, les mots lui avaient brûlé la bouche, mais aucun n'avait franchi ses lèvres. Elle avait imaginé qu'elle pourrait demander qu'il patiente, qu'il lui laisse une chance, et puis au fond d'elle quelque chose ne s'excusait pas, au contraire, quelque chose pensait qu'elle n'avait pas à s'excuser. Oui, c'est vrai, elle avait été imprudente, elle aurait pu causer la disparition des chevaux, de leurs affaires, peut-être même la mort de l'un d'eux. Et même si elle se sentait fautive parce qu'elle les avait emmenés sur une mauvaise route, elle se disait aussi que lui non plus n'avait rien fait pour l'en empêcher, qu'il pourrait aussi se décider à prendre les choses en main s'il estimait qu'elle en était incapable ; il pouvait arrêter de geindre et se mettre à agir, c'est tout ce qu'elle voulait, tout ce qu'elle attendait de lui, tout ce qui avait motivé ce voyage, qu'il réagisse, qu'il reprenne contact avec la vie. Alors, il en avait l'occasion, il lui suffisait de prendre la carte, de tracer un chemin à travers le pays, de proposer des routes, de choisir des itinéraires, et c'est pourquoi elle pensait qu'elle n'avait pas à s'excuser, pourquoi elle voulait qu'il comprenne que ce qui venait de se passer, si elle en était en partie responsable, il ne l'était pas moins, lui, à cause de sa passivité, et qu'on est aussi responsable de se laisser entraîner dans une impasse que de s'y embarquer soi-même.

39

Alors ce matin, au moment de descendre près de ce lac, on se dit que ça vaut le coup de prendre le temps de se baigner. On sait aussi, parce qu'on l'a lu – c'est-à-dire que Sibylle l'a lu et qu'elle l'a expliqué à Samuel –, que les nomades ont comme règle de ne jamais souiller l'eau claire, celle des lacs, des ruisseaux, des rivières, qu'on doit se contenter de l'eau de pluie car celle-ci est faite pour laver le monde de ses souillures en imprégnant la terre et en nourrissant les racines des arbres, des herbes, des fleurs ; en nettoyant les impuretés, celles-ci retrouvent une existence régénérée en remontant à la surface par la sève des plantes, pour nourrir les animaux et les humains, pour soigner ainsi toute vie.

Se laver dans l'eau claire, en la polluant de ses propres saletés, c'est interdire aux autres créatures de pouvoir s'en abreuver, ou alors c'est les condamner à se souiller elles-mêmes. Et ça, les nomades le réprouvent depuis toujours, comme ils réprouvent, cette fois pour des raisons religieuses, l'idée qu'une femme puisse faire ses ablutions dans l'eau d'un lac – qu'elle expose sa nudité, son corps au soleil, parce qu'alors Dieu s'en irrite et promet de la punir. Une femme qui se lave dans l'eau d'un lac ou d'une rivière, qui étend son linge dans l'herbe ou sur les rochers, qui frotte, rince sa vaisselle dans l'eau claire sans se mêler d'autre chose que de son contentement, de sa propre satisfaction, oui, ils le savent, cette femme va connaître la colère de Dieu – et pour les nomades, c'est une colère qui prendra la forme de la pluie et de l'orage : une pluie vengeresse, des éclairs, du tonnerre, la voix de Dieu dans la montagne.

Elle a lu tout ça, Sibylle. Elle ne le prend bien sûr pas au sérieux, ce ne serait une menace pour elle que si elle croyait en Dieu, si elle partageait la foi des nomades. Mais non, elle ne l'est pas. Elle n'a presque aucune relation avec la religion, un vague athéisme mâtiné d'agnosticisme. Mais elle ne redoute pas la pluie. D'ailleurs, il fait beau depuis des semaines, la pluie ne les a accompagnés que très peu de temps, un peu au début, et a totalement disparu depuis.

Ce qu'ils voient, Sibylle et Samuel, c'est qu'en arrivant près du lac, celui-ci n'a plus cette teinte bleu foncé, presque noire, qu'ils avaient vue de là-haut, mais qu'il est doré comme si le soleil s'y reflétait, que le lac lui-même était fait de la lumière du soleil ou que l'eau y était devenue incandescente. Ils avancent calmement vers le lac et s'y installent. Ou plutôt, non, ils ne prennent pas le temps. Sibylle ne se contente pas de descendre de Sidious, elle retire ses sacoches, la selle, tout, et puis elle s'élance et remonte sur le cheval, se penche vers lui et attrape sa crinière, se colle à son encolure, elle embrasse son cheval et lui parle à l'oreille, vas-y mon beau, vas-y, et alors le cheval avance et entre calmement dans l'eau, doucement.

Tous les deux entrent sans aucune peur – lorsque l'eau lui arrive aux chevilles, Sibylle pousse un cri et dans un éclat de rire elle jure, oh bon Dieu, ce que c'est froid ! Mais elle rit, elle avance, et bientôt le cheval n'a plus pied. Ça dure quelques minutes, il nage tranquillement, comme s'il le faisait très souvent, sans inquiétude, et Sibylle s'allonge sur le dos de son cheval, elle est habillée et se met à rire d'un rire profond, sans retenue, une libération qui se propage sur le rivage, dans le regard de Samuel – cette fois il reste sidéré et commence à rire lui aussi, un moment tout est oublié de la veille et il est prêt à penser que sa mère est imprévisible et drôle, folle peut-être, mais qu'au fond c'est ce qui fait d'elle quelqu'un d'unique, d'inimitable –, il se demande combien de ses copains pourraient se retrouver dans sa situation, partir si loin avec leur mère et la voir nager tout habillée, crado comme une punk à chien, morte de rire sur le dos d'un cheval en train de nager.

Et puis à ce moment-là, il serait aussi prêt à penser que sa mère est une femme d'un courage extraordinaire, qu'elle tient tête à tout le monde, même si le plus souvent elle donne l'impression de s'effondrer à chaque secousse de la vie. Mais en fait non, elle tient bon, elle continue toujours, elle tombe et se relève, et elle reprend, infatigable, à chaque fois. En ce moment, il la regarde et trouve qu'elle est quand même quelqu'un d'invraisemblable, surtout lorsqu'elle revient et qu'elle glisse dans l'eau, laissant le cheval revenir de lui-même sur la plage et commencer à s'y rouler, hennissant, invitant Starman à suivre son exemple. Sibylle nage encore quelques brasses et puis sort de l'eau, balance ses vêtements trempés sur l'herbe. Samuel la regarde, en sous-vêtements, l'eau ruisselle sur son corps et sans attendre elle retourne dans l'eau et plonge, disparaît avant de réapparaître plusieurs mètres plus loin. Oui, à ce moment-là, Samuel serait prêt à reconnaître qu'il est parfois impressionné par sa mère, que d'une certaine manière il a de l'admiration pour elle. Là, maintenant, pour ce qu'elle est, ce qu'elle fait, il serait prêt aussi à croire qu'elle l'aime assez pour avoir sacrifié une maison à laquelle elle tenait, en Bourgogne, et cette idée lui traverse l'esprit que tout ce qu'elle fait c'est pour l'aider lui, c'est par amour pour lui, et cet amour, soudain, il sent que c'est toute sa motivation, toute sa raison à elle d'être ici ; alors à ce moment-là il est au bord de reconnaître qu'il en est bouleversé, il pourrait, oui, s'il n'avait pas si peur d'avouer qu'il aime sa mère, s'il n'était pas effrayé à l'idée de l'aimer – lui qui sait si bien qu'aimer et accepter est plus difficile que haïr et rejeter.

Mais pourtant, à ce moment-là, quand elle revient sur la plage, il s'étonne de la regarder comme un homme regarde une femme ; sa mère est belle, oui, et probablement *désirable*. Non pas qu'il la désire lui, mais il se dit qu'elle doit être désirable pour un homme de son âge à elle... Il a du mal à savoir ce que c'est qu'être désirable, pour une femme, quand on a passé la quarantaine. Pour lui, c'est un âge si lointain qu'il a l'impression que lui-même n'y parviendra jamais, et s'il pense que sa mère peut être désirable encore, c'est qu'en la voyant sortir de l'eau il est étonné par la fermeté de son corps, sa tonicité, l'harmonie de ses formes. Il baisse les yeux lorsqu'il la voit s'essuyer. Il comprend que son père ait désiré cette femme, elle devait être vraiment belle – et il se souvient des photos de ses parents jeunes, dans une autre vie, il y a des siècles, parce qu'il lui semble que la vie commence à partir de la sienne.

C'est à peine s'il reconnaît cette femme dont le visage se colore de taches de rousseur dès que le soleil pointe son nez. Ses cheveux ont déjà beaucoup repoussé depuis qu'on a quitté Bordeaux – comme les siens d'ailleurs – et il n'ose pas se l'avouer, mais à ce moment-là il la trouve touchante et belle, drôle aussi, il s'étonne même de voir cette femme qui n'existe pas dans son quotidien, mais où est la femme qui l'emmerde à Bordeaux, cette femme triste et trop anxieuse le reste du temps ? Il ne comprend pas, quelque chose est en train de soulever sa mère et de l'emmener vers une zone d'elle-même dont il ignore tout. Et ça, Samuel en est troublé, il la regarde avec l'envie de lui sourire – et peut-être même que depuis tout à l'heure il lui sourit vraiment, comme un fils peut sourire à sa mère, avec pudeur et amour, avec une forme de tendresse et de complicité qui se passe de mots parce qu'elle les contient tous, dans le secret d'un sentiment qui les dépasse.

40

Ils restent sur la plage et sur l'herbe pendant longtemps. Samuel hésite avant d'oser se déshabiller pour aller prendre un bain. Parce qu'il ne s'agit pas seulement de s'amuser à nager, il faut aussi se décrasser pour de bon.

Il hésite, parce que sa mère est devant lui non pas impudique mais simplement détendue, tellement en confiance avec lui qu'il en est troublé. Elle vient s'asseoir à côté de lui et elle est trempée, l'eau goutte sur son visage, des gouttes brillantes glissent sur ses bras, sur son dos, sur ses seins. Il regarde son visage, ses dents blanches, il voit les gouttes qui s'agglutinent autour de ses yeux, dans ses cils, qui ont épaissi et noirci ses sourcils. Il regarde ce filet qui longe l'arête du nez avant de tomber sur le haut de la lèvre. Il regarde ça et le rire sonore de sa mère le fait rire aussi. Il rit peut-être également parce qu'elle ne porte pas de maillot de bain mais des sous-vêtements blancs que le contact de l'eau a rendus presque transparents – on voit à travers la peau qui colle au tissu, et il rit peut-être pour éviter de montrer qu'il a remarqué ce détail, parce qu'il a peur de rougir.

Elle lui dit, allez mon chaton, va te foutre à l'eau, dans la vie il faut se foutre à l'eau ! et ils en rient et, comme il hésite parce que soudain il se sent ridicule et maigre, que la honte de son corps vient de lui sauter à l'esprit, oui, il veut reculer, dire qu'il ira plus tard, mais elle, pas question, tu pues le vieux bouc mon chéri ! Alors cette fois il faut y aller, et elle se jette sur lui, l'eau et le froid de ses mains sur les joues de Samuel qui se lève en criant, non ! non ! et elle le poursuit en riant, ils courent, se poursuivent comme des gosses sous le regard médusé des chevaux – et peut-être sous celui des glaciers, des oiseaux, des quelques animaux qui peuvent tourner autour du lac en attendant de venir y boire, dès que ces intrus seront repartis.

Et maintenant qu'il ne reste plus un seul nuage au-dessus de leur tête, maintenant que le soleil frappe suffisamment pour se dire que le linge sera bientôt sec – ils avaient frotté les taches de boue avec le vieux savon de Marseille qui leur restait, ils avaient récupéré comme ça trois T-shirts, deux shorts, autant de bermudas et un pantalon, une polaire –, Sibylle se dit qu'il faudrait repartir, descendre et rejoindre la plaine. On pourrait retrouver la route, elle pense que celle qui rejoint Osh n'est pas à plus d'une heure. On pourrait trouver un village, une ville, un point où acheter de quoi se faire un vrai dîner – et même, elle pense que d'ici là on croisera bien la route de quelqu'un qui nous invitera à boire des litres de *koumis*, et surtout à partager un repas. Elle rêve d'un plat roboratif à la kirghize, avec des tonnes de pâtes et de viande. Elle est assise et regarde le lac, sa surface plane, dorée encore par les reflets du soleil. Derrière elle, les chevaux sont paisibles, ils broutent et se redressent de temps en temps, quand on entend le cri d'un oiseau très haut dans le ciel, ou quand un animal s'approche ou contourne le lac, frôlant les rochers, épiant son tour pour aller boire, ou quand d'autres animaux, minuscules, sans doute des rongeurs, se faufilent entre les herbes et viennent jusqu'à eux.

Et puis elle regarde son fils à côté d'elle. Il est allongé, elle s'aperçoit à son souffle très lourd qu'il s'est endormi. Il se repose en chien de fusil – oui, elle a retrouvé l'expression – et il dort comme il dormirait chez eux, dans sa chambre. Sauf qu'ici rien ne les sépare, qu'il n'y a ni porte ni verrou, ni couloir ni appartement pour créer des séparations. Ici, elle peut regarder son fils et s'étonner de le voir si proche d'elle, à quelques centimètres, allongé sur une serviette, laissant sa peau nue – et elle se demande depuis combien de temps elle ne l'a pas vu ainsi, lui qui a tellement changé mais dont l'enfance se retrouve pourtant entièrement en lui, sous les apparences d'un corps qui s'est développé en restant pourtant autre chose que le corps d'un homme.

Alors Sibylle se penche vers lui, très proche, son visage très près du sien. Elle entend son souffle et laisse sa main, ses doigts juste devant la bouche de Samuel, pour que son haleine lui caresse les doigts, ce souffle léger qui s'échappe d'entre ses lèvres ; elle observe comme elle n'a pas pu le faire depuis des années ses traits, sa bouche charnue et rouge, ses yeux fermés et toujours ses cils si grands, presque des cils de femme, des cils qui tenaient des siens et qu'il avait toujours eus, même bébé il avait des cils immenses. Elle le regarde et elle est heureuse de le voir dormir comme il est, sans colère, sans être sur la défensive, sans haine ni jugement contre elle – car peut-être que c'est ce qui est le plus dur : l'impression que chaque fois qu'il la regarde, ce n'est pas pour la voir, elle, comme elle est, mais pour la juger, pour lui prêter des intentions qu'elle n'a pas, pour lui faire un procès qu'elle a perdu d'avance. Ses cheveux qui ont beaucoup repoussé, que le soleil a blondis, l'implantation qui est presque la même que celle de Benoît, oui, c'est vrai, Samuel ressemble davantage à son père qu'à sa mère, mais pourtant il a quelque chose que son père n'a jamais eu, dans le regard, dans les gestes, depuis toujours, peut-être parce que dès qu'il avait été bébé on l'avait laissé pendant des heures sur son transat à regarder par la baie vitrée les bambous qui dansaient sous l'effet du vent, dans la cour, peut-être parce qu'il était d'une nature mélancolique – combien de fois on lui a dit, à l'école, que Samuel était sérieux mais qu'il avait l'air lointain et mélancolique, presque triste.

Et maintenant, elle ne voit pas de la tristesse ni de la mélancolie, elle voit de la beauté et de la douceur, elle voit le visage apaisé d'un jeune homme qui dort. Et sa dureté aussi, ses traits déjà marqués pour son âge. Elle est émue de pouvoir s'approcher si près de lui, c'est la première fois depuis tant d'années. Elle hésite, approche la main, et, à quelques centimètres de sa joue, de ses paupières, elle dessine une caresse qu'elle n'ose pas faire – elle a trop peur de le réveiller, trop peur de la réaction qu'il pourrait avoir. Alors elle fait semblant, elle promène ses doigts à un ou deux centimètres de sa peau, et elle ose, un instant très court, toucher la pointe de ses cheveux.

Puis elle voit, juste de l'autre côté de Samuel, derrière lui, ce vieux baladeur gris, mal en point, et les écouteurs. Elle se redresse et le saisit. Elle installe les écouteurs – elle a l'impression de faire quelque chose d'interdit et de très grave, quelque chose qui tout à coup lui fait horriblement peur –, son cœur se met à battre très vite, elle a l'impression de commettre une sorte de vol, peut-être une agression, oui, elle viole un peu l'intimité de son fils, elle le sait, elle ne l'aurait jamais fait à Bordeaux, chez eux ; pas une seule fois elle n'avait d'ailleurs pensé à fouiller dans ses affaires, à essayer de regarder ce qu'il pouvait voir sur Internet, à écouter sa musique, à deviner de quoi sa vie était faite, elle se contentait de ce qu'il acceptait d'en dire. Elle comprenait son besoin d'intimité, de secret, elle n'était pas si différente, au contraire, elle n'avait jamais dit pourquoi il s'appelait Samuel, n'avait jamais parlé des livres ni de ce qu'elle-même avait aimé quand elle était jeune. Alors elle prend le baladeur, ça y est, oui, elle respire très fort et regarde Samuel parce qu'elle a peur qu'il se réveille, elle ne bouge pas, elle appuie sur *Play* : dans la petite fenêtre elle aperçoit un CD. Il commence à tourner. Dans les écouteurs, il y a d'abord un son aigrelet, ça se met en route péniblement, puis des diodes affichent que le disque va commencer.

Et là : les premières notes la sidèrent.

Les premières notes l'irriguent, la bouleversent. Elle regarde Samuel, effarée, sa peau se durcit, la *chair de poule*, oui, comme elle ne l'a pas eue depuis longtemps. Elle connaît les premières notes par cœur, elle les reconnaît dès la première, même si elle ne les a pas entendues depuis tellement longtemps, et ça revient de si loin, de tellement loin, comment son fils qui n'a même pas dix-sept ans peut écouter ça ? Comment c'est possible qu'il écoute de la musique qui n'est pas la musique de son temps à lui mais de ses années à elle ? Comment il peut écouter ça ? Est-ce qu'il peut deviner ce que c'est pour elle, cette musique-là ? Elle regarde Samuel et il dort et sa beauté d'enfant et de jeune homme lui éclate au cœur, les larmes remontent de si loin, elle a l'impression de se noyer, le passé revient et tout à coup elle serre la taille de Gaël, le vent les frappe si fort, ils sont penchés sur la moto et la moto traverse Paris dans la nuit, à toute vitesse, ils vont trop vite, mais elle s'accroche, elle aime si fort cet homme et cette musique-là, David Bowie, et elle s'entend encore, elle entend les vibrations de la moto qui résonne en elle, le cuir du blouson de Gaël et la voix de Bowie, *I / I will be king / And you / You will be queen / Though nothing / Will drive them away / We can be heroes / Just for one day.*

41

Un chaos de ferraille les attend dans la vallée. Les jeunes ne parlent presque pas russe, les plus vieux le parlent encore et s'en souviennent comme ils se souviennent d'avoir vu rouler les KamAZ, ces vieux camions qui gisent aujourd'hui encore, de loin en loin, sur le bord de la route, bien après que chacun a fini d'arracher la pièce, la jante, le pare-brise, la portière, le siège dont il avait pu avoir besoin il y a des décennies.

Alors ils avancent en regardant les carcasses sur les bords de route et entrent dans le village : des maisons, des enseignes peintes, des publicités affichées sur les poteaux électriques, des fils qui forment une suite de guirlandes noires et tristes se balançant d'un poteau à l'autre, juste au-devant des maisons en dur et sous le regard des antennes paraboliques. Plus loin, une mosquée branlante et dans les rues, loin, quelques gosses, puis des adolescents ou des jeunes adultes, des garçons qui doivent travailler aux champs, des bergers que Sibylle et son fils se décident à aller voir pour leur demander où ils pourront trouver des vivres. Ils croisent une chèvre qui broute une touffe d'herbe au pied d'un bloc de briques, la rue est ponctuée de crottes sèches, de traces de roues de charrettes, mais aussi de camions. Les maisons sont fermées, il a sans doute fait chaud ici – cette chaleur qu'on perd dans la montagne et qui s'abat sur les maisons et s'engouffre dans les pièces, derrière les rideaux bariolés qui ne bougent pas.

C'est la fin d'après-midi et l'on se dit qu'il ne faudra sans doute pas dormir très loin. Mais ni Samuel ni Sibylle n'ont envie de rester dans ce village sinistre aux chemins poussiéreux – des particules grises qui ne flottent pas dans l'air, parce que rien ne bouge, mais dont on sent la présence tout de suite, une odeur qui remonte dans le nez et donne l'impression d'avoir les sinus bouchés, quelque chose qui bloque la respiration. Ils pensent aux villages déserts des westerns, mais non, ça n'a rien à voir, un jeune type déboule, un appareil minuscule collé à son oreille qui crache un rap turc ou russe – mais il n'y a pas de basses, seulement un son aigu qui siffle et le jeune type en pantalon de survêtement et T-shirt rose pâle – un logo complètement effacé sur la poitrine. Les chevaux s'arrêtent d'eux-mêmes et reculent devant lui. Est-ce que le son les dérange ? Est-ce que c'est sa voix quand il se met à gueuler en leur souhaitant la bienvenue, ou bien, ce qui les fait reculer, c'est son haleine puante de vodka, ses yeux brillants et ses joues trop rouges, sa façon de tenir debout et de lutter pour le rester ? Il répond par des gestes vagues quand Sibylle lui demande où ils pourraient trouver un endroit pour acheter des vivres. Il leur indique une rue minuscule qu'il faudra bien prendre pour ne pas montrer qu'on ne le croit pas ou qu'on se méfie de lui. Alors ils quittent la rue, en prennent une autre, et, en effet, une boutique les attend. Le jeune homme les suit de loin, les observe, hésite et se traîne jusqu'à eux. Samuel reste dehors avec les chevaux, Sibylle entre dans le minuscule magasin. Une femme est assise et regarde une télévision dont l'écran est suspendu au-dessus de son comptoir, mais dès que Sibylle entre, la femme s'anime et laisse tomber l'écran.

L'étal n'a pas grand-chose à proposer – de la vodka et des bouteilles de bière, quelques œufs et des biscuits, des boîtes dont Sibylle ne parvient pas à comprendre ce qu'elles contiennent. La femme lui demande d'où elle vient, ce qu'elle veut tout en désignant son bazar d'ustensiles de cuisine et des tonnes de gadgets *made in China*. Et pendant que Sibylle se penche parce qu'elle croit avoir trouvé un cahier à spirale, la femme disparaît dans l'arrière-boutique avant de revenir avec une assiette de *samosas* qu'elle offre à Sibylle. Des mouches tournoient autour d'une tranche de gras de mouton – l'odeur de mouton se répand jusqu'au dehors, Samuel pourrait la sentir s'il n'était pas absorbé par autre chose. Il reste sur son cheval, il espère que sa mère va faire vite, il voudrait lui dire de se dépêcher et, s'il n'ose pas reconnaître pour lui-même que ce qu'il éprouve ressemble à de la peur, il sait quand même qu'il n'aime pas être seul quand on approche des villages ou que des gens peuvent venir nous parler. Il est décontenancé par la facilité avec laquelle les gens d'ici s'adressent à chacun pour savoir d'où il vient, ce qu'il fait, s'il aime le pays, les chevaux, et Samuel se referme toujours.

Il ne veut pas se retrouver seul et maintenant le type avec sa musique sur l'oreille approche et lui sourit. Samuel peut sentir son haleine ; le gars caresse l'encolure de Starman et sourit de toutes ses dents jaunes. Il regarde Samuel droit dans les yeux et parle très fort, il gueule presque, Samuel ne sait pas si l'autre lui parle en russe ou en kirghize, l'autre doit lui demander quelque chose, il attend sans doute une réponse, mais son attente est ponctuée de grands rires – sa bouche s'ouvre grand et tout son visage semble se plier et se déplier puis reprendre son air interrogatif quand il replonge ses yeux dans ceux de Samuel. Mais Samuel, lui, du haut de sa monture, a du mal à se pencher vers le garçon, au moins pour répondre à son regard – à défaut de dire quelque chose, un mot, un bout de phrase, même si elle ne répond pas du tout aux questions que l'autre lui pose, au moins en lui souriant. Mais est-ce qu'il faut répondre ? Est-ce qu'il lui pose des questions ? Est-ce qu'il faut sourire ? Est-ce que l'autre n'est pas en train de dire simplement quelque chose qui ne demande aucune réponse ? Ou de l'insulter ? De se foutre de sa gueule en lui souriant ? Samuel fixe la porte par laquelle sa mère est entrée dans le magasin ; il espère qu'elle va sortir bientôt – qu'est-ce qu'elle peut foutre, putain, je suis sûr qu'elle est encore en train de raconter sa vie...

Et il sent monter l'impatience et la colère. L'idée lui vient qu'il pourrait donner un coup de talon à son cheval pour partir quelques mètres plus loin – mais il ne peut pas laisser la monture de sa mère, il doit rester. Alors il reste. Détourne le regard. Fais comme s'il n'entendait pas le type qui l'interpelle. Maintenant le gars tape avec la paume de sa main sur le cheval, mais Samuel ne répond pas. Il entend au loin les enfants avec le ballon, leurs rires et leurs cris qui se rapprochent, sans doute ils viennent voir les étrangers. Cette idée lui assèche la bouche – c'est idiot, il sait bien qu'on ne lui veut pas de mal, que c'est même plutôt sympathique, toute cette marmaille qui s'affole, qui s'agglutine, qui bondit en riant parce que les touristes les distraient. Mais quelque chose en lui, quelque chose se ferme, se bloque, il jette un coup d'œil dans l'obscurité du magasin et décide d'appeler sa mère, maman, qu'est-ce que tu fous ? Le type à côté de lui laisse sa radio dégueuler son rap aigrelet, des musiques incompréhensibles, il n'aurait jamais imaginé qu'il existe une techno et un rap russe ou turc, une musique d'Asie centrale, une jeunesse, et soudain tout ça lui paraît hostile, comme la voix, le sourire de ce gars qui ne s'impatiente pas et lui demande quelque chose, des mots, des rires, la même question semble revenir dans sa bouche – Samuel reconnaît des sons, des répétitions, peut-être même certaines bribes de mots – du russe ? –, il sait qu'il pourrait baragouiner quelques mots de russe, après tout, l'autre doit le parler aussi mal que lui, ou juste un peu mieux. Il pourrait dire, nous besoin manger, laver. Mais il se tait, il est pris d'un embarras qui va jusqu'à la peur, puis d'une peur qui ne se transforme pas en panique mais en colère – cette colère qui lui tourne l'estomac aussi parce qu'il a faim. Il a beaucoup maigri depuis qu'il est parti, il flotte dans ses pantalons et a dû faire deux trous supplémentaires à son ceinturon. Tout ça le rend fébrile, il le sait. Il ne l'a jamais vraiment dit à personne, mais quelque chose en lui le dérange à l'idée de regarder dans les yeux des gens qu'il ne comprend pas, dont il ne comprend pas la langue, les usages, et qui dégagent une telle – oui, un mot, ce mot qu'il retient à l'intérieur de la zone interdite de son esprit, ce mot qu'il voudrait étouffer en lui pour garder une bonne image de lui, mais c'est vrai, c'est là, le type le regarde et Samuel n'ose pas avouer qu'il aimerait lui balancer un coup de pied dans la gueule, qu'il aimerait que l'autre disparaisse, qu'il dégage – parce qu'il est musulman ? mais qu'est-ce que c'est un musulman ? Pour lui, des types étranges, menaçants, ceux qui nous menacent, il a entendu des théories qui lui font peur, il paraît qu'on finira tous musulmans, qu'ils font des enfants pour nous envahir, mais il n'en sait rien, il sait qu'il a peur des autres mais n'arrive pas à nommer la peur, à nommer les autres, ce qu'il voit en eux, et même, il se demande comment ça se fait que ce type a l'air soûl, je croyais que les musulmans n'avaient pas le droit de boire ? Et puis ce mot de musulman qui se mélange à un autre, dont il a honte mais qui lui fait peur aussi et le dérange plus intimement, il le voit partout vivre et s'agiter devant lui, dans les vêtements crasseux, déchirés, vieux, dans la peau sale et dans cet appareil trop ringard avec ce son aigu et ce mot qui fait surface, cette part de dégoût parce que le type est peut-être entier dans ce mot-là que Samuel voudrait se cacher à lui-même, oui, la *pauvreté*, ce qu'elle fait éclater et qui le rend fou de rage – sa haine des autres.

42

Lui, c'est ça d'abord qu'il ressent. Mais il ne sait pas le nommer. Il ne sait pas regarder sa peur et ne voit que le mot dans lequel il peut la faire tenir tout entière, *musulman*, parce que ce mot devient pour lui le nom de la terreur. Parce qu'il a peur des attentats, qu'il a peur des images qu'il voit des banlieues, lui qui n'y a jamais foutu les pieds, lui qui vit dans un monde où les musulmans ne sont que des ombres dans les supermarchés et des silhouettes à la télévision, ou dans la rue, qui le frôlent, respirent le même air que lui mais avec qui il n'a jamais parlé, des gens à qui il pourrait demander sa route, un renseignement, avec qui il pourrait partager un moment. Comme s'il avait peur de comprendre qu'il y a des femmes et des hommes derrière ce masque – le nom qui effraie est aussi celui qui rassure : il donne un lieu où jeter tout ce qui nous oppresse et nous terrorise.

Samuel a besoin de savoir d'où vient sa peur, lui qui ne savait même pas qu'on peut être musulman sans être arabe ; lui qui n'imaginait pas qu'on puisse être arabe sans vivre en banlieue. Lui qui n'avait jamais parlé à des gens qui ne lui ressemblaient pas. Lui qui avait réduit l'image du mal à deux habits cachant le visage et le corps dans un vêtement noir, comme si le mal, s'il existe, devait se tenir pareillement sous le masque de Dark Vador et le voile de la femme en *niqab*. Lui qui invente une France dans laquelle il pourrait se sentir hors du danger de vivre, hors du regard des autres, hors du champ des déchirures de ses parents, loin du regard des filles dont il a peur ; lui qui se sait plein d'a priori et se moque de les éprouver si profondément. Au contraire, il s'y réfugie, s'y construit un monde à la mesure de son angoisse, où les choses deviennent claires et simples. Lui, ce qu'il veut, c'est juste ne plus éprouver la peur.

Maman, qu'est-ce que tu fous ?

Et soudain la femme du magasin arrive avec son assiette de *samosas* et en propose à Samuel – elle se met à gueuler contre le jeune type et lui fait de grands signes pour le houspiller. Elle regarde Samuel en haussant les épaules, elle dit quelque chose, comme si elle venait de chasser une mouche et que rien de tout ça n'en valait la peine.

Bientôt Sibylle apparaît et range quelques affaires dans ses sacoches, elle peut montrer comme un trophée ce magnifique cahier à spirale avec de grands carreaux. Elle a énormément écrit depuis qu'ils sont partis de France, elle continuera tout à l'heure, quand ils vont faire une pause ; elle écrira sur ce moment où elle avait écouté la chanson *Heroes*, de Bowie, dans les écouteurs de son fils. Elle racontera sa stupeur d'entendre cette chanson qui était l'une de sa jeunesse, qu'elle n'avait plus écoutée depuis bientôt vingt ans, mais qui était gravée en elle, douloureuse et belle comme le prénom de Gaël. Mais pour l'instant, elle remonte à cheval et demande à Samuel s'il veut qu'on s'arrête par ici ou qu'on continue.

– Je préfère qu'on continue.
– Tu ne te sens pas bien ?
– On continue.
– Il t'a emmerdé ?
– Non, c'est rien. C'est rien, il est juste bourré.
– Bon, alors on y va.

43

Alors ils décident de s'éloigner un peu, de ne pas rester sur cette route trop déprimante. Samuel pense au SMS qu'il veut envoyer à son père. Tant pis. Il se résout à attendre. Ce sera pour plus tard.

Ils se disent qu'ils trouveront bien le moyen d'avancer sur des chemins plus ou moins parallèles à la route qui mène à Osh, mais qui retrouvent la voie de la nature, des nomades – ou au moins de ces semi-nomades qu'on a croisés plusieurs fois sur les hauts alpages, après plusieurs heures de piste. Ils quittent la route, attirés par la montagne, et s'enfoncent dans une forêt – ici la nature est très verte, les forêts grimpent sur des collines abruptes, les arbres escaladent les montagnes les plus impitoyables, qui dressent des pics comme des gratte-ciel de roches. On se retrouve bientôt nez à nez avec une chute d'eau – une cascade, des gerbes bruyantes dont le son vibre avec le soir qui pointe déjà son nez.

Sibylle dit qu'il va bientôt falloir penser à se poser. Ils ne sont pas vraiment épuisés, alors ils peuvent continuer encore un peu parce qu'ils ont pris le temps aujourd'hui, ils se sont reposés au bord du lac ; les chevaux n'ont pas l'air plus fatigué, et cette fraîcheur du début de soirée est tellement agréable qu'ils peuvent en profiter encore, et puis la présence de la cascade est si forte, ils ne pourront jamais s'endormir avec un raffut pareil. Et continuer, ils le peuvent aussi parce que le corps s'adapte à la fatigue, à l'effort, aux tiraillements qu'on lui fait subir. Le corps n'est plus aussi douloureux que lors des premiers jours, des premières semaines, où il fallait s'arrêter plus longtemps, plonger la nuit dans un sommeil profond – c'était le moment où l'on tombait littéralement de fatigue, mais en se réveillant avec l'impression d'un corps coulé dans une seule masse, un bloc de courbatures, de torticolis, et seule la faim pouvait les tirer du sac de couchage. Mais même la faim se dompte. Elle se fait maintenant moins agressive, on se contente plus facilement de ce qu'on a, et les torticolis, les courbatures, on sait aussi les apprivoiser en faisant les bons gestes.

Alors, ce soir, ils montent encore et, après les futaies, après les arbres, une large plaine s'ouvre. Des yourtes apparaissent ici et là, de loin en loin, comme d'énormes champignons sur un sol herbeux. À chaque fois c'est plus ou moins la même histoire, alors ce soir non plus ils ne sont pas surpris de voir venir à eux deux jeunes Kirghizes à cheval qui se précipitent et insistent, tout sourire, pour qu'ils viennent avec eux.

Ce soir comme à chaque fois, Sibylle et Samuel accepteront de partager de nombreuses tasses de *koumis*. Dans un russe qu'on arrive à partager lui aussi, tant bien que mal, un russe défiguré, tâtonnant, fragmenté en mille morceaux qu'on rafistole sans plus se soucier de parler correctement mais seulement de se faire comprendre, on se parle.

Sibylle demande s'il serait possible de laisser nos chevaux brouter cette herbe qui a l'air de tant leur convenir, si l'on pourrait installer nos tentes le temps de la nuit. Il y a toujours un homme pour expliquer qu'on doit aider celui qui passe devant la porte de notre maison : si les portes des yourtes ne se ferment pas, c'est uniquement pour respecter cette règle.

Ils savent à peu près comment les choses devraient se passer. Ils vont s'arrêter et libérer les chevaux de leurs charges, les poseront à l'entrée de la yourte, ils feront attention surtout en franchissant le seuil de ne pas heurter la barre en bois – attention de ne pas donner l'impression de décrotter ses chaussures de la boue qui y colle, de ne pas s'aventurer sans respect pour ceux qui leur font l'honneur de les inviter. Car ici tout est organisé, le cérémonial va se dérouler comme il se doit : ils devront s'asseoir à la place d'honneur et ils commenceront à raconter d'où ils viennent – Sibylle sait qu'il lui faut aussi expliquer pourquoi une femme voyage seule avec son fils, car même si on ne le lui demande pas, depuis le début elle a toujours l'impression que c'est à travers le filtre de cette question que personne n'ose lui poser, qu'on la regarde. Et puis il leur faudra expliquer où ils veulent continuer, pourquoi continuer, et puis tous ensemble on boira des tasses et des tasses de *koumis*, on boira tout ce qu'il faudra boire aussi de vodka et de bière, et on écoutera, on relancera à l'occasion, on demandera des éclaircissements – mais il faudra écouter les histoires, les bonnes et les mauvaises nouvelles, et les odeurs de *koumis* se mêleront aux odeurs de lait, de terre humide, de mouton, de ragoût, de fromages, et l'on verra les outres se dégonfler et le *koumis* finir inexorablement dans les tasses, et les tasses se vider.

Ils apprendront à connaître les histoires de Toktogoul et de sa femme Kalima, qui raconteront les préparatifs du mariage de leur fille aînée. Et Manas, Orozmat, chacun racontera dans un ordre précis. Maintenant ils savent comment il faudra s'asseoir, ils comprendront que le vieux Toktogoul est le maître ici car il s'assiéra au nord, avec les coffres et les objets les plus précieux de la famille. Les invités seront à l'ouest, face à la porte qui se trouve toujours au sud, là où les femmes préparent le repas. Ce rituel, ils l'ont vu se répéter à chaque fois : chacun se déplace dans un ordre précis – homme, femme, enfant –, la vie dans la yourte s'organise dans une hiérarchie immuable, sous l'œil du *tunduk*, le point cardinal de la yourte qui veillera sur chacun et à la tranquillité de tous, s'arrangeant avec l'univers pour s'y lover dans le cercle parfait d'une habitation qui refuse les angles, où tout est fait pour accueillir en son sein les voyageurs et les habitants – toujours la même odeur de cuir de mouton, parce que c'est avec ça qu'on fixe les lattes qui servent d'ossature à l'ensemble, et puis les pièces de feutre attachées à des rubans de tissus, la porte en bois, les tapis de feutre aux couleurs orange, rouge, jaune, les motifs entrelacés, les coffres au fond de la yourte et la table basse, l'outre à *koumis* installée à droite dans l'entrée, toujours à portée de main d'une femme.

Toujours le rituel et ce à quoi il oblige : goûter ce qu'on nous propose, tout saisir de la main droite et remercier Dieu en joignant les mains, paumes ouvertes vers le ciel, puis, en les passant devant le visage, porter un toast à la santé des hôtes et à leur famille, à leurs enfants, leur souhaiter le succès, et montrer quelques photos de l'appartement bordelais, le salon, la cuisine – les Kirghizes s'intéressent *vraiment* aux autres. Toktogoul est étonnamment grand et son teint de peau est clair, ses yeux bleus. Il est très bavard, Toktogoul. On décide rapidement que nos invités dîneront, boiront, dormiront avant de reprendre leur route, et Darika et Kanym, les deux sœurs cadettes de la future mariée qui n'est pas là, veulent absolument faire des cadeaux à Sibylle. Leur mère parle de ce beau jeune homme qui ne dit pas un mot, oui, mon fils, répète Sibylle, et Sibylle regarde son fils, c'est vrai qu'il est beau. Elle est fière de lui quand les hommes d'ici le regardent avec respect, parce qu'il est très grand pour son âge, qu'il a l'air très vif et agile, ils pensent qu'il doit être très bon sur un cheval, et Toktogoul demande à Samuel s'il a déjà participé à un tournoi de *oulak-tartych*, ce jeu où les jeunes s'affrontent autour d'un mouton décapité ? Non, bien sûr. Il n'a jamais fait ça. Sibylle traduit la question à Samuel, elle a le temps de percevoir comment soudain il est mal à l'aise, comment il sourit pour cacher sa peur – et elle retrouve cet animal sauvage et toujours au bord de la panique, elle sait qu'il rougit sans doute mais que la faible luminosité de la yourte le protège. Il essaie de donner le change, mais ce n'est pas à Toktogoul qu'il s'adresse, en français, la voix hésitante, tremblante, faussement enjouée, mais à sa mère, et ses regards sont à la fois comme des appels au secours, des cris d'angoisse, il voudrait ne pas être là, il voudrait qu'on ne le voie pas, et pourtant en même temps il est fier de ce qu'on dit de lui, heureux et mal à l'aise, il se demande pourquoi il est toujours comme ça. Il répond qu'il aimerait bien faire ça un jour, pourquoi pas, ça doit être bien comme jeu, dit-il. Et puis on lui ressert une tasse de *koumis*, et il ne sait plus si ses joues sont rouges par timidité ou brûlantes parce qu'il est déjà soûl.

Il n'a d'ailleurs pas le temps de se poser la question plus longtemps, ni celle-ci ni une autre, dehors on entend des voix, des chevaux et une agitation, des rires. Et puis quelqu'un entre, les deux jeunes qui sont venus au-devant de Sibylle et Samuel tout à l'heure, et qui reviennent, encore plus heureux et excités. Ils échangent trois mots avec Toktogoul, celui-ci se lève, on a de nouveaux invités. Dans l'embrasure de la porte, Sibylle et Samuel les reconnaissent tout de suite : Stéphane et Arnaud sont à peine surpris de les retrouver ici.

44

Les voyageurs qui se retrouvent par hasard, alors qu'ils ne se sont rencontrés qu'une seule fois, donnent l'impression de se connaître depuis toujours. Après les premières secondes d'étonnement, on s'embrasse, on rit, on en rajoute dans la joie, dans l'idée qu'on avait bien dit qu'on se retrouverait – Oui ! j'en étais sûr ! s'exclame Arnaud dans un grand sourire. Et si le sourire s'adresse tout de suite à Sibylle, Arnaud n'est pas en reste avec Samuel.

Stéphane raconte qu'ils se sont perdus sur la route, qu'ils ont eu du mal à se retrouver, et puis, finalement, conclut-il, nous voilà. Sibylle et Samuel ne racontent pas leur mésaventure des marécages. Pour l'instant ils écoutent, Stéphane et Arnaud parlent, et puis Toktogoul, et puis on sort des bouteilles de vodka d'un coffre, deux bouteilles et des verres qui n'ont rien à voir avec des verres à digestifs, presque des verres à eau. On les remplit et Sibylle et Samuel se regardent et s'effraient un peu, mais ils ne disent rien, prennent les verres et trinquent avec les autres. On trinque aux nomades, et après ce verre on trinquera aux voyageurs qui viennent de si loin, et puis après on trinquera aux chevaux sans qui la vie ne serait pas aussi belle, et puis on trinquera encore en espérant que la pluie vienne bientôt pour nourrir la terre qui en a bien besoin, et puis on trinquera aux yourtes, on trinquera au mariage de la fille de Toktogoul et aux enfants qu'elle aura, et puis à la vie, à l'amour, on trinquera à Dieu qui permet tout ça, on trinquera sans plus savoir à quoi ni à qui l'on trinque pourvu qu'on trouve encore de quoi lever son verre et envoyer dans le gosier sa dose de brûlure.

Et lorsqu'elle veut expliquer qu'en France on boit la vodka dans des verres grands comme des dés à coudre, Sibylle déclenche une avalanche de rires, et une autre encore lorsqu'elle explique qu'on en boit un verre ou deux, peut-être trois, quatre c'est beaucoup.

– Ah bon ? s'étouffe Manas.

– Oui, confirme Stéphane.

Arnaud rit aussi, oui, et Toktogoul, qui ne veut pas croire que ce soit possible de boire dans des verres grands comme des dés à coudre – c'est-à-dire qu'on parle plutôt de verres gros comme une main de bébé –, des verres qu'on pourrait gober comme un œuf, non, ça, ici on refuse d'y croire. Les Kirghizes partent dans des rires qui manquent de les étouffer, et l'alcool brille dans leurs yeux, cet alcool qui réchauffe tout et qui brûle, qui les tue les uns après les autres – parce qu'il y a aussi ça, on sait que les hommes d'ici ne dépassent pas souvent soixante ans. Et quand Arnaud raconte ça en français, c'est Sibylle la première qui éclate de rire, et puis Stéphane, et puis Samuel qui n'en revient pas que sa mère puisse rire d'un truc aussi grave, Samuel qui balance, T'es dégueulasse ! Maman c'est dégueulasse de rire de ça ! Et elle qui répond en s'essuyant les yeux, n'en pouvant plus de rire, Oui, mon chéri, oui, c'est dégueulasse, c'est affreux, qu'est-ce que tu veux, je peux plus m'arrêter de rire...

On se calmera un peu en dînant – un repas consistant comme le voulait Sibylle ; de la viande d'agneau, des pâtes, du pain et puis des boulettes de fromage, le tout servi avec encore de l'alcool. Et chacun des duos, Stéphane et Arnaud d'un côté, Sibylle et Samuel de l'autre, peut reconnaître en ceux qui lui font face, à leur façon de manger, un écho de sa propre faim – des bouches avides, des ventres qui se remplissent et les sourires de contentement qui se dessinent sur les visages, pour la plus grande joie des Kirghizes. Kalima veille à ce que personne ne manque de rien, la nourriture qui disparaît de la table est aussitôt remplacée, les plats se vident, se remplissent, une suite sans fin, la table ne se vide jamais, la nourriture ne manque jamais, les verres se remplissent, se vident, se remplissent aussitôt, se vident encore et déjà sont pleins à nouveau et l'alcool allume les yeux, brûle les gorges, rougit les joues, réchauffe les corps, tourne les têtes et les voix qui s'étaient tues pendant qu'on mangeait deviennent soudain plus bruyantes ; au fur et à mesure que la mastication se fait plus lente, c'est le débit des voix qui se fait plus rapide, plus haut, les rires se déploient, les langues se délient et personne n'ose plus se lever de peur de perdre l'équilibre, de sentir qu'il part, qu'il risque de s'effondrer. Alors on ne bouge pas et l'on continue à rire, à boire, à manger, et bientôt les discussions partent dans tous les sens. Pour la première fois Samuel semble complètement à l'aise, il parle avec Stéphane de Lacanau et de l'océan – Stéphane raconte qu'il aime le surf et qu'on pourrait se revoir bientôt, il a une maison dans les Landes. Ce serait cool, oui. Et Samuel sourit et tout à coup il regarde Stéphane en se disant qu'il est en train de se faire un copain qui pourrait être son père, un mec de l'âge de son père. C'est une idée qui l'impressionne, et bien sûr il est complètement bourré mais pour l'instant ça n'a aucune importance, ni les voix, ni les rires, rien ne lui embrouille l'esprit. Au contraire, il a l'impression de flotter au-dessus de son corps et que les choses sont faciles et douces, excitantes, et il reprend de la vodka et regarde sa mère, tous les deux sont suffisamment soûls pour rire ensemble et trinquer entre eux, se regardant comme de vieux complices qui en ont vu d'autres.

– À la tienne, mon fils !

– À la tienne, mum !

Et le temps lui aussi semble se diluer ou se dilater dans les vapeurs d'alcool. On ne sait plus depuis combien de temps on est là, la nuit a tout envahi à l'extérieur, la fraîcheur semble s'être arrêtée à la porte de la yourte. Les voix maintenant se confondent dans un brouhaha soudain moins bruyant, comme si chacun avait besoin de reprendre son souffle. Alors c'est étrange quand tout à coup une phrase claque et rompt cette harmonie par laquelle on se laisse emmener loin tous ensemble, simplement parce qu'il a été question de Dieu et du chamanisme, parce que c'est peut-être Arnaud qui a parlé des restes des pratiques chamaniques dans le pays, et puis Stéphane qui a parlé d'un islam qui n'avait rien de revendicatif – et alors, avant qu'il puisse achever sa phrase, préciser sa pensée, avant qu'il puisse dire que pour lui la religion n'était pas un problème, la voix de

Samuel, trop forte, jetée, lancée au-dessus d'eux comme une pierre au milieu d'une eau calme et dormante, qui soudain s'agite, vibre, tremble et ne peut plus retrouver la plate et lisse surface miroitante d'avant ; la voix de Samuel qui est si sûre d'elle et qui n'est pas agressive pourtant, comptant même peut-être trouver des oreilles attentives, des voix qui vont aller dans son sens, il se sent si bien ce soir, il a l'impression d'être comme Stéphane et Arnaud, oui, même Arnaud ne le dérange plus comme la première fois, cette fois il a confiance, il se sent bien, on sera d'accord avec lui, on relancera, on rira, on sera complice – sauf que non, sa phrase a l'effet d'un coup de couteau planté dans une toile de maître :

– Toute façon les musulmans c'est quand même eux les plus violents.

– Ah bon ? demande Stéphane. Tu me surprends, tu trouves qu'on est dans l'antre du diable ici ?

– Non, ici, c'est pas pareil.

– Ouais ?

– Je voulais dire, les Arabes, chez nous.

– Ah... Les Arabes ? Qu'est-ce qu'ils viennent foutre là, les Arabes ?

– Les musulmans, quand même, dans le monde, je veux dire –

– Tu ferais peut-être mieux de ne rien dire, Samuel, l'interrompt sa mère.

– Et pourquoi ?

– Parce que je n'aime pas t'entendre insulter les gens chez qui on est.

– C'est pas eux, je parle pas d'eux, j'ai dit –

– J'ai entendu ce que t'as dit. On l'a tous entendu.

– Bon, les interrompt Stéphane, on ferait peut-être mieux de s'arrêter là et d'aller se coucher, non ? Samuel, tu veux bien m'aider à retrouver ma tente, je crois que je vais jamais pouvoir me traîner jusque là-bas tout seul... pour un jeune – pardon, j'ai rien contre les jeunes, hein –, pour un jeune, tu tiens vachement bien l'alcool... Allez, viens, et je crois que prendre l'air, ça peut être une bonne idée...

– Ouais... je vais me coucher, répond Samuel.

Il jette un regard assassin à sa mère, il est sans doute furieux mais il est d'abord ivre mort – qu'est-ce qu'il a dit de si agaçant ? Il ne comprend pas. Il a l'impression que sa mère n'est bonne qu'à lui faire la morale, qu'à lui casser toute volonté dès qu'il veut dire quelque chose, et puis elle a voulu l'humilier, comme s'il prenait trop de place, c'est ça, oui, je prends encore trop de place, se dit-il, et il y a pensé au moment où il a balancé sa phrase sur les musulmans, sa mère est une conne de bien-pensante, tous ces bien-pensants il faudrait les buter, les enfermer, en finir, et il s'en va, soûl, titubant, les oreilles bourdonnantes, la bouche pâteuse, la langue lourde, les yeux lui piquent, il a trop chaud, ses muscles, ses articulations, tout son corps est soudain trop lourd, prêt à casser. Lorsqu'il se retrouve dehors, Stéphane lui tape dans le dos, allez, c'est bon, c'est rien, s'amuse-t-il, tu dis des conneries, c'est pas grave, tout le monde en dit ! Et entre nous, je crois même qu'il y en a deux ce soir qui vont en faire une belle, les salauds !

Samuel reste figé, debout, les jambes flageolantes. Il n'est pas sûr de comprendre. Puis si, il comprend très bien, mais il ne veut pas – oui, c'est juste qu'il ne veut pas comprendre. Il se donne le temps de se reprendre, de ne pas montrer qu'il est troublé.

Il faut que j'aille me coucher, je suis vraiment trop bourré.

45

La nuit et les étoiles, c'est un sujet de peinture aussi beau qu'une danseuse chez Degas. Rarement le ciel de nuit a été peint avec autant de profondeur que chez Van Gogh, oui, tu vois, chez lui on voit que la nuit c'est profond et vivant, que les étoiles ne sont pas de simples lumières posées là pour nous éclairer mais des mouvements, des vibrations, raconte Arnaud. Et lorsqu'il prend Sibylle par la main pour l'emmener dehors, sous le ciel, il lui adresse un sourire d'une douceur qu'elle n'a pas vue chez un homme depuis il lui semble au moins un siècle – et d'une certaine manière c'est vrai : la dernière fois qu'un homme lui a souri et pris la main avec autant d'attention et de prévenance, c'était avant le vingt et unième siècle.

On n'a plus vraiment la moindre idée de l'heure qu'il peut être. On sait que la nuit est claire, éclaboussée d'une voûte d'étoiles si lumineuses qu'on y voit presque comme en soirée, quand la lumière du jour résiste encore, qu'elle décline mais ne renonce pas à jeter quelques rayons d'une lumière bleutée, pâle, sur les collines et sur l'horizon. Pourtant il doit être tard, ça fait tellement longtemps qu'on boit, qu'on parle, qu'on rit sous la yourte de Toktogoul et de sa femme, on ne sait plus trop où on en est, on se dit juste que le lendemain ne sera pas la journée la plus efficace du voyage.

– Oui, mais nous, on pourra se reposer sur les chevaux.

– C'est vrai, ils boivent moins que les humains, sourit Arnaud.

– On partira quand on sera réveillés, personne ne nous attend.

– Pour nous c'est plus compliqué, on doit retrouver un copain à Osh, continue Arnaud, il faut qu'on parte absolument demain matin et vraiment pas trop tard. D'autant que je ne crois pas qu'on soit les marcheurs les plus rapides du monde...

– Surtout si vous buvez votre bouteille de vodka tous les soirs, sourit Sibylle.

– Non, heureusement, c'est pas tous les jours.

– Nous non plus. C'est pas forcément le programme avec un ado, non ?

– Je ne sais pas, je n'ai pas d'enfant.

– Je n'ai rien demandé.

– Pas d'enfant, pas de femme, juste un énorme

boulot qui prend toute ma vie. Ah, si, j'oubliais, un chat aussi, et une bonne tonne de vieux amis.

– La vie du parfait célibataire, c'est ça ?

– À peu près. Ma femme s'est barrée depuis longtemps... je m'en suis rendu compte, elle était partie depuis déjà au moins deux semaines...

– Les mecs, vous êtes tous les mêmes...

– J'espère que non.

– T'es quand même en train de me dire que ta femme est partie sans que tu t'en rendes compte, pas vrai ?

– Ouais, je me vante. Je suis bourré. En fait, je m'en suis *vraiment* rendu compte... J'ai juste refusé de voir. Enfin, il y a eu un truc de bien dans tout ça, après son départ, le soir, le dimanche, je me suis mis à la peinture. Un truc que j'ai toujours voulu faire. Tu sais, les choses qu'on veut faire et dont on se dit que ce n'est pas pour nous...

– Oh, oui, ça, je connais. Et tu peins quoi ?

– Je sais pas, ce que je trouve beau. Des visages, des trucs un peu ringards peut-être, je ne suis pas vraiment un peintre moderne... j'essaie de faire des peintures figuratives, mais pas trop nulles quand même... je te montrerai, si tu veux.

– Oui, ça me ferait plaisir.

– C'est vrai ?

– Je crois.

– Nantes-Bordeaux, c'est pas si loin.

– Je m'en fous de Bordeaux... Je n'y connais personne, mon boulot ne me plaît pas, mon fils part complètement à la dérive, il devient... Il dit des trucs racistes à la con, il se croit fort en disant qu'il va voter Le Pen alors qu'il a juste besoin de repères, il est, c'est pour ça qu'on est venus, j'espérais...

– Et son père ?

– L'autre abruti, il voulait le foutre chez les cathos ! J'ai même eu peur qu'il lui dise que c'était bien de faire des conneries, son père... et merde, j'ai pas envie de parler de ça, on va marcher un peu ?

– Oui, viens.

Et alors, titubants, maladroits, ils avancent dans la nuit, ils vont vers les chevaux sans même se demander pourquoi, peut-être simplement pour ne pas faire de bruit et réveiller Samuel ou Stéphane, car les tentes sont regroupées non loin de la yourte de Toktogoul. Et puis c'est étrange comment tout à coup on se retrouve seuls dans le silence, comment soudain tout s'est éteint, les uns et les autres partis dormir, et pourtant les éclats de rires ont continué longtemps, puis se sont fait rares, puis se sont finalement tus.

Sibylle et Arnaud se retrouvent seuls comme chacun d'eux l'espérait. Ce n'est une surprise ni pour elle ni pour lui, tous les deux ont fait ce qu'il fallait pour ne pas écouter trop sa fatigue, pour ne pas se laisser gagner par elle ni par cette idée, dans le cas d'Arnaud, que le lendemain il faudrait se lever tôt et marcher longtemps jusqu'à ce rendez-vous qu'on avait pris avec un copain. Ils se retrouvent seuls comme ils l'ont souhaité dès qu'Arnaud est entré dans la yourte, dès qu'ils se sont revus, se réjouissant chacun pour soi, sans rien se dire, sans même projeter qu'on pourrait se voir lorsque tout le monde serait couché, mais laissant simplement l'idée prendre place au fur et à mesure de la soirée – parce qu'on buvait, qu'on mangeait, qu'on était bien, parce qu'un coup d'œil surprenait un coup d'œil, parce qu'un sourire répondait à un sourire, parce que quelque chose dans la voix, dans un geste, parce que, au milieu du fracas des verres, des mots, des plats et des rires, soudain s'infiltre un désir qui grandit, prend son temps mais se nourrit, on sait qu'on le porte en soi, dans son regard, mais que peut-être on le laisse trop voir, trop paraître, alors on fait croire que non en riant plus fort qu'un autre, en se laissant porter dans une conversation qui nous indiffère, où l'autre n'est pas en jeu, et pourtant ça revient et on reste toute la soirée, les uns et les autres s'en vont et on reste jusqu'au bout, sans rien se dire mais simplement sur ce fil, suspendu à la parole et aux gestes de l'autre. Tout le monde est parti se coucher. Sibylle et Arnaud ont compris qu'il fallait quitter la yourte, et seuls, ensemble, se retrouvant dehors, ils se sont pris par la taille comme s'ils l'avaient toujours fait, comme si c'était inéluctable qu'ils le fassent, que pour eux la soirée n'était tendue que vers ce moment et ces gestes qu'ils ont l'un pour l'autre.

Alors ils marchent vers les chevaux qui sont un peu plus loin, en contrebas, juste avant quelques yourtes. Ils ne savent pas pourquoi ils vont par là et se mettent à rire, sans autre raison que d'être heureux de ce moment. Arnaud tient Sibylle comme si de rien n'était, elle aime sentir sa main dans la sienne, son bras autour de sa taille. Elle se dit que c'est peut-être une connerie, qu'elle ne devrait peut-être pas, son esprit tourne à mille à l'heure et les étoiles lui éclatent au cerveau avec des remontées de vodka qui lui pètent dans les tympans. Elle se dit, mon Dieu, je suis vraiment trop soûle, et elle sent son corps qui fond sous elle, ses jambes qui flanchent, son cœur qui bat la chamade et tous ses membres tremblent et elle ne sait pas si c'est parce qu'elle a vraiment trop bu ou si c'est la présence d'un homme à côté d'elle, sa voix qui parle et rit et la rassure et la drague gentiment. Elle sent l'odeur un peu âcre de la transpiration d'Arnaud, son haleine chargée d'alcool, et puis tout à coup elle est en train de tomber et se retrouve dans les bras d'Arnaud, elle ne voit plus rien, elle ne sait plus rien – si, elle sait qu'ils vont aller vers la tente d'Arnaud, qu'il va lui dire ou lui susurrer qu'il a envie d'elle, et elle sait qu'elle va faire semblant de se débattre avec elle-même, qu'elle va rapidement calculer le nombre d'années qui la séparent de la dernière fois où elle a fait l'amour, où elle a été heureuse de le faire, où elle a été troublée par un homme – par ses gestes, ses mains, son visage, sa bouche, son sexe, son odeur –, et la tête lui tourne, elle est soûle, elle a peur, elle est heureuse, elle oublie Samuel pendant qu'Arnaud lui embrasse le cou, laisse glisser ses mains sur ses hanches, sur ses fesses, cette fois ses yeux se ferment et elle soupire, elle lui murmure, baise-moi, baise-moi, je t'en supplie baise-moi maintenant, et enfin le reste s'évanouit, enfin Sibylle sourit pour elle-même ; elle est complètement libre, cette nuit elle va faire l'amour et elle ne pensera à rien.

46

Sauf que Samuel ne dort pas. Il ne s'est même pas déshabillé, il n'a pas passé son survêtement pour se jeter dans son sac de couchage. Il s'y est glissé comme il a pu, en rampant, en jurant, en se mettant parfois à rire aussi contre lui-même, et s'est laissé choir dans le sac après des contorsions qui lui ont semblé durer des plombes. Mais il est trop soûl, décidément ce n'est pas possible de fermer les yeux, de garder le corps allongé – il a l'impression d'être dans un grand huit ou un hélicoptère et l'espace s'ouvre sous son corps, il a l'impression que tout va être ingéré et peut-être dégueulé et dégluti ailleurs, de l'autre côté de la planète, il ne sait pas, dans une bouillie puante et infâme, alors d'un mouvement il se redresse : il a failli vomir, il faut qu'il gerbe, vite il se lève, se cramponne, remet ses baskets – il faut tenir, quelques mètres.

Puis il retourne se coucher. Il n'entend pas de bruits. Il est seul, peut-être que tout le monde dort ? Il espère qu'il va trouver le sommeil, son corps est tremblant encore de tout l'effort qu'il a dû produire pour libérer son ventre de tout cet alcool, de cette bouffe qu'il n'arrivait pas à digérer. Ça va aller, il a froid, il tremble et ses mains sont poisseuses et moites, l'odeur de vomi dans sa bouche, est-ce qu'il va réussir à s'endormir ? C'est ça qu'il faudrait.

Et puis soudain ses yeux se sont fermés, il ne sait pas si c'était il y a longtemps, mais il se réveille dans sa tente – c'est certain, c'est un réveil.

Il est incapable de dire combien de temps ça a duré, combien de temps il est resté allongé avec le sac de couchage sur lui. Il est incapable de s'y glisser pour s'y réchauffer. Pendant un moment très long, il est incapable de bouger. Il veut reprendre son souffle, ne pas gamberger sur tout et n'importe quoi – pourquoi il sent en lui ce mauvais sentiment et cette colère qui monte, oui, la voix de sa mère quand elle dit devant tout le monde qu'il ne raconte que des conneries, ce besoin de le rabaisser, de l'humilier, de l'enfermer encore dans son rôle de gamin qui ne comprend rien à ce que disent les adultes, c'est ça qu'elle veut, en prétendant l'inverse, en prétendant qu'elle l'aime, qu'elle veut l'aider, dès qu'il veut trouver une place elle le rejette plus bas que terre, et parfois il voudrait qu'elle crève et qu'il puisse l'oublier complètement, et cette pensée qui vient ne lui plaît pas, au contraire, elle l'enferme, il en a honte, il en a peur.

Soudain, il se souvient qu'il a encore ses baskets aux pieds, il se dit qu'il va les quitter. Il doit être très tard, sans doute tout le monde dort, il faut qu'il dorme. Mais il est incapable de bouger. Son souffle lent, laborieux, poussif. Et autour de lui, dehors, des craquements, des bruits dont il ne perçoit pas l'origine, des bruits qu'il ne comprend pas – peut-être des animaux, peut-être quelqu'un ? Et puis il faut du temps pour entendre, c'est-à-dire pour percevoir dans le silence ces autres bruits, ces souffles qui viennent d'il ne sait pas où mais qui deviennent de plus en plus forts, de plus en plus présents, des souffles, des râles – oui, il comprend et perçoit de plus en plus distinctement, ses sens soudain aux aguets : des halètements, des mouvements saccadés, des corps, des cris qu'on étouffe, une voix, des gémissements, des plaintes et des soupirs – non, pas des plaintes, plutôt le souffle qui va chercher loin en lui-même, qui tremble, s'émeut, et qui parfois s'affole – Samuel comprend –, sa mère, il entend sa mère en train de faire l'amour quelque part, là, très près, et c'est comme une déflagration dans sa tête, comme un cri en lui qui le soulève et le pousse hors de la tente, d'un seul coup, un mouvement rapide et brutal qui le surprend lui-même. Son corps se détend comme une arme de précision, son corps recroquevillé et fossilisé il y a encore quelques minutes et qui s'élance et cherche. Alors Samuel est debout, il va marcher près des tentes, il veut savoir où elle est, pas sûr encore qu'il ne va pas gueuler et jeter des coups de pied dans la tente – l'idée ne lui vient pas qu'on pourrait lui dire qu'il n'a aucun droit sur ce que fait sa mère, elle ne lui doit rien, il n'est pas un mari, il n'a pas à se comporter comme un cocu possessif et jaloux –, mais sa blessure à lui, c'est elle qu'il entend, pas le ridicule de sa situation, pas l'injustice qu'il peut faire à sa mère, pas cette idiotie qu'il commet en se levant et en cherchant à rôder près des tentes – et il trouve, il entend, devant l'une des deux tentes, les souffles et les mouvements, les froissements ; un instant, il croit que ce sont des cris de douleur, et c'est sa douleur à lui qui explose dans sa poitrine quand il comprend que sa mère est en train de jouir et qu'elle parle, qu'elle demande plus encore, qu'elle en veut plus encore et il entend aussi l'homme qui lui promet de la faire jouir, et alors Samuel s'éloigne, fou de rage, il veut s'enfuir, il panique, il ne sait pas, il est en colère contre le mal qu'il éprouve, contre sa haine, il court vers sa tente à elle sans savoir pourquoi – enfin si, il sait.

Il se voit faire, mais c'est comme si c'était un autre qui le faisait. Il entre dans la tente, sans hésiter il va vers les affaires de sa mère, ouvre les sacoches, il sait où. Il trouve presque tout de suite le paquet. Il n'a pas bougé, toujours le feutre qui sert d'étui. Le pistolet est là. Samuel le prend, il le tient, un objet comme une bête froide et calme, impassible. Il respire très fort, ses lèvres le brûlent, il est obligé de passer sa langue souvent dessus, puis de les essuyer avec ses doigts tremblants, mais qui obéissent. Oui, son corps lui obéit. Il se regarde faire. Il fait chaque chose avec rage, avec vitesse, avec colère. Il se fout de savoir si on l'entend, si on l'écoute. Il se fout de savoir si quelqu'un essaiera ou non de l'empêcher – les uns dorment, les autres, les deux autres, ces deux-là qui font l'amour ont autre chose à faire que de le retenir quand il va courir avec sa selle et quelques affaires, quand il se balance au-dessus du dos de Starman, qui ne comprend pas, s'affole, trépigne ; mais ses hennissements, Samuel pense bien que sa mère ne les entendra pas, Samuel est fou et avec son cheval il s'élance dans la nuit, personne n'entendra rien parce que tout le monde s'en fout, Samuel est comme un souffle imprévisible et sauvage, comme une ombre qu'on oublie parce qu'invisible, muette, trop secrète dans les ténèbres qui s'ouvrent.

47

À l'intérieur de la nuit, il y a une zone qui s'immisce – elle est faite d'étranges matières, de temps, de débris, de jour et de brume, de pluie parfois, et aussi de blocs noirs qui soudain rougissent, et de l'asphalte, des bruits d'ailes. Cette nuit, elle marche comme à chaque fois sur l'autoroute déserte, c'est le matin, une sorte de fumée – brume, brouillard, chaleur, fumerolles, elle ne sait pas –, mais comme la buée sort de la bouche quand il fait froid, une fumée blanche s'échappe de l'asphalte.

Il n'y a personne nulle part. Il a plu, autour c'est la campagne, des maisons apparaissent très loin, à droite, à gauche ; Sibylle n'y fait pas attention car elle marche, il faut qu'elle marche. Elle est pieds nus, elle a des chaussures à talons dans sa main droite – elle connaît ces chaussures, bien sûr, oui, c'est sa mère qui les lui a offertes quand elle avait été invitée au mariage du professeur dans le service duquel elle était interne, elle reconnaît ses belles chaussures rouges en daim, elle s'en souvient –, elle ne sait pas comment elle est habillée ni si elle a froid ou chaud, le soleil perce un ciel gris épais, il apparaît comme un disque qui fait une trouée timide, mais qui donne à tout le reste du ciel cette teinte métallique, argentée, qui éclate parfois dans les nuages ou sur l'autoroute par des brillances – comme du mica, des morceaux de verre, un pare-brise éclaté. Elle n'a pas peur de se blesser les pieds au contact des pierres noires. Les formes volcaniques qui jonchent l'autoroute sont de plus en plus nombreuses et de plus en plus grosses, bientôt elle doit les éviter pour avancer, elle avance et finit par comprendre que les pierres ne sont plus si noires mais deviennent rouges ; elles s'animent, bientôt elles seront brûlantes et sur la route déserte il n'y a encore que les reflets d'une pluie récente, une odeur de terre humide et sous le ciel brouillé l'odeur de soufre – mélange d'œuf pourri et de salpêtre, de charbon brûlé –, elle n'a pas encore peur, mais elle se met à courir. Des mouvements pour accélérer son pas, mais ses gestes sont d'une extrême lenteur. Elle regarde autour d'elle et voit que les choses sont en train de changer, elle le sait, elle a déjà fait ce rêve, oui, les pierres brûlantes, et puis bientôt les débris de la moto, la roue qui tourne dans le vide, les gants sur l'asphalte, le blouson noir déchiré, une manche de blouson. Elle ne comprend pas et se met à courir de plus en plus vite en gueulant, mais elle comprend que personne ne peut entendre sa voix, qu'elle-même n'entend pas sa voix – il y a cette autoroute qui n'en finit pas et s'allonge sous ses pas, et maintenant l'odeur de soufre est horrible et lui prend la gorge et ses yeux sont brûlants et pleurent, sa gorge, c'est horrible, l'impression d'être prise à la gorge, une odeur d'eau de Javel, une poussette défoncée, brûlée, des sièges carbonisés et soudain une nuée de mains, de visages, des silhouettes, des gens qui courent et pleurent et hurlent – mais, c'est bizarre, elle n'entend pas leurs voix, pourquoi elle n'entend rien ? Elle ne comprend pas. Elle avance. Elle essaie d'écarter les gens et crie qu'elle cherche, elle voudrait trouver, oui, un motard, c'est ça, un type qui doit avoir un casque avec lui, il ne prend jamais le métro, il vient me rejoindre, on a rendez-vous à Saint-Michel tous les deux, et elle ne comprend pas, soudain elle est à Saint-Michel et sur les terrasses il y a un soleil qui l'aveugle, des serveurs et des gens qui courent parce qu'une fumée noire atroce monte de partout, les gens aux terrasses ont des visages couverts de sang, des trous dans les vêtements, les corps massacrés, ils boivent des verres et elle comprend qu'ils sont morts, ils sont tous morts ; elle veut s'enfuir et elle entre dans le métro, des gens qui crient, elle n'entend rien, elle est sourde, elle n'entend rien, elle voit les pompiers, la panique et enfin tout au bout du couloir il est là, elle lui parle et lui, il a son casque sur la tête, elle le supplie, enlève ton casque, enlève ton casque, Gaël, pourquoi tu gardes ton casque ? Pourquoi ? Pourquoi tu ne me parles pas ? Pourquoi tu es si loin ? Et il fait un geste pour montrer qu'il n'entend rien de ce qu'elle dit, il n'entend rien et soudain ils sont sur l'autoroute et il n'y a plus personne autour d'eux, ils sont face à face – il enlève son casque et il est beau, si beau, Gaël, il a vingt-sept ans et elle supplie, Gaël, maintenant pour toi je suis une vieille femme, ne viens plus, arrête, arrête, je t'en supplie, ne viens plus dans mes rêves, ne viens plus, toi tu es jeune pour toujours et moi tu vois je suis devenue vieille et bientôt ce sera fini, alors je t'en supplie, laisse-moi, je suis fatiguée, je veux vivre un peu, tu comprends ? Je t'aimerai toute ma vie mais j'ai besoin que tu me laisses vivre un peu, s'il te plaît, ne viens plus. Et lui, il est si surpris, si loin, si jeune, il sourit et il dit quelque chose qu'elle n'entend pas, ne comprend pas. Elle entend soudain le son d'une chanson de Bowie, un son de casque, ah oui, c'est la musique qui sort de son casque de motard, il écoute *Heroes* et il a vingt-sept ans, il aura toujours vingt-sept ans et la regarde comme les jeunes gens regardent les adultes, avec un peu de tendresse et de pitié, elle le regarde, comme il est beau, comme il est loin, je voudrais tellement, ne viens plus, je suis trop fatiguée, trop épuisée, j'ai besoin d'oublier – et lui soudain alors la regarde et devient grave, il fronce les sourcils et ne comprend pas. Il approche, il a l'air si triste, si triste. Mais non Sibylle, voilà longtemps que je ne viens plus dans tes rêves... je... je ne viens pas, je ne viens pas, Sibylle, c'est toi qui viens, c'est toi –

Et alors Sibylle se réveille en sursaut, un cri lui explose dans la poitrine. Elle reste assise, elle cherche de la lumière, de l'espace, elle étouffe, elle a l'impression de se noyer. À côté d'elle, Arnaud dort. Il n'a même pas bougé quand elle a crié. Peut-être qu'elle a seulement crié en rêve ?

48

Sibylle sort de la tente d'Arnaud, elle n'est pas habillée, elle porte ses fringues dans ses bras, en boule. Elle n'a pas voulu s'habiller dans un espace aussi petit, non pas, ou pas seulement par peur de réveiller Arnaud, mais parce qu'elle étouffe, qu'elle se sent prise au piège dans ce rêve horrible dont elle veut chasser les images au plus vite. Et pour les chasser, il faut sortir de la tente. Il faut prendre l'air, revenir ici, dans la plaine, reprendre pied dans le réel, avaler une grande bouffée d'air frais, marcher, quelques pas seulement, mais marcher et revoir la voûte étoilée au-dessus de sa tête, sentir l'herbe sous ses pieds, la terre, et voir les yourtes autour de soi, les tentes, et puis les montagnes qui nous entourent, les forêts plus loin.

Prendre le temps de sortir de ce cauchemar, arrêter de trembler et comprendre alors que ce mauvais rêve laissera sans doute son empreinte pendant quelques heures – et puis cette sensation qui reste, troublante, vivace, terrifiante, ancrée dans l'esprit comme un corps malade, je n'ai pas rêvé, ce n'était pas un rêve. Et elle pense que, pendant quelques secondes, une poignée de secondes, elle était réveillée et que pourtant elle était *encore* là-bas, comme si le temps d'en revenir était trop long et qu'un simple réveil ne suffisait pas pour franchir assez vite la ligne qui la séparait des deux mondes – mais quels mondes, celui de la vie réelle ? celui du rêve ? Est-ce que c'était un rêve ? Elle s'habille, elle frissonne, peut-être que ce n'était pas un rêve ? Pendant quelques secondes l'idée qu'elle était peut-être vraiment chez les morts lui traverse l'esprit ; elle se sent si fébrile, si fragile, le corps tremblant – le froid, l'alcool, l'amour, lui, qui dort, mon dieu, faire l'amour, faire l'amour, j'avais oublié comme c'est bon de faire l'amour, elle sent sur son corps l'empreinte des mains d'Arnaud, elle ressent son poids sur elle. Elle est soûle encore, voilà, c'est tout ce qui lui arrive, se dit-elle.

Elle voudrait reprendre ses esprits, retrouver le calme. Ou pouvoir simplement reprendre un à un tous les éléments de la soirée et les remettre chacun à sa place, en faire un beau jardin à la française, bien ordonné, comme si tout pouvait sortir de la confusion, de l'agitation et trouver une place où tout, à la fin, participerait de la même organisation, de la même planification logique et rassurante, comme une cosmogonie tracée, ordonnée simplement, sans efflorescence ni chaos, sans accident ni profusion ni rhizomes. Mais la vérité c'est que le monde part totalement en vrille, il se déploie en lianes, en racines, il défonce les pavés et l'ordre des idées, il est comme une tumeur, organique, viscéral – elle veut juste arrêter de penser, calmer son esprit, ça suffit ; elle essaie de souffler lentement, comme quelqu'un qui vient de courir veut retrouver sa respiration. Elle marche et même si elle a froid, le froid n'est pas un ennemi, il lui fait du bien, la redresse. La blessure qu'il lui inflige est bonne, vivifiante. Elle se réveille, les idées, la vue se stabilisent, l'opacité se dilue et enfin elle retrouve pied. Elle marche encore et reprend le même chemin que tout à l'heure, quand elle marchait avec Arnaud. Une fois encore elle le fait sans s'en rendre compte ; c'est comme ça, naturellement elle va vers les chevaux, sans se poser de question. Elle avance, elle voit sous le ciel bleu laiteux les formes découpées des montagnes et, au-dessous, les masses plus sombres, profondes, des forêts, et les taches presque blanches, d'un gris tourterelle, des yourtes.

Et puis elle met du temps pour s'en apercevoir, il faut qu'elle soit devant, enfin ça lui éclate au visage : un cheval a disparu.

Ce n'est pas tout de suite la panique. Ce n'est pas tout de suite la compréhension de ce qui se passe, ni la peur de ce que l'absence de Starman peut vouloir dire. C'est la stupéfaction, le doute, l'impression d'une erreur de sa part, comme si elle ne voyait pas ce qu'elle était en train de voir – comme si le cheval de son fils était là, bien là, mais que simplement son image ne venait pas jusqu'à elle. Elle avance, elle va vers Sidious, le caresse, lui est calme, il attend. Et puis soudain Sibylle a peur. L'idée lui traverse l'esprit. L'idée que Samuel – oui, elle s'aperçoit que ce soir, pour la première fois depuis des semaines, elle n'a pas pensé à lui, à son fils. Pour une fois, Samuel n'a pas été son horizon, n'a pas été tout ce vers quoi elle a tendu chacune de ses pensées et de ses actions ; et il revient tout à coup si brutalement qu'elle est prise d'une quinte de toux, quelques minutes où elle est pliée, incapable de se redresser. Il faudrait boire un verre d'eau. Mais non. Elle se met à courir. Elle court vers la tente de Samuel. Il faut qu'elle voie Samuel, tout de suite. Il faut qu'elle chasse le doute qui vient de s'emparer d'elle – et si ?

Samuel ?

Samuel ?

D'abord, c'est sans crier. Simplement entre ses lèvres. Elle est encore loin des tentes, alors elle adresse le prénom de son fils à elle-même, et l'idée que le cheval aurait pu partir seul, qu'il se soit libéré et qu'il parte, bien sûr elle n'y pense pas, elle sait que ce n'est pas possible, mais elle ne pense pas non plus à l'idée qu'on aurait pu venir voler le cheval – et si l'idée lui traverse l'esprit, c'est comme une forme molle et indistincte, sans force, qui ne peut s'accrocher à rien, à peine une idée, une éventualité peut-être, mais qui s'efface, s'évapore, parce qu'elle sait que des voleurs ne se seraient pas contentés de prendre un cheval et qu'ils auraient pris les deux, et puis, bien sûr que non, ils n'auraient pas osé venir ici, parmi les nomades, parmi les yourtes, ce n'est pas là qu'ils attaquent, et puis pourquoi faudrait-il que ce soit maintenant ? C'est une idée qui ne tient pas et la seule qui se fait en elle se résume, s'ossifie en une image, celle de Samuel, en un prénom, celui de Samuel, et elle sent monter en elle toute la peur qui s'y était enfouie depuis des semaines, depuis des mois, que quelque chose arrive, non pas tant entre eux – ça, elle y était prête –, mais qu'il lui arrive quelque chose à lui, son fils, parce qu'elle avait toujours redouté qu'il fasse une fugue, comme les adolescents en mal de vivre, elle le sait, elle y avait pensé si souvent lorsqu'ils s'étaient installés à Bordeaux, *une fugue*, mais est-ce que ce n'est pas une fugue à travers les montagnes, une fugue dans le monde des chevaux célestes qu'ils avaient entreprise, qu'elle avait elle-même conçue pour eux deux ? Elle pensait qu'il pourrait tenter ça avant, à Bordeaux, elle en avait toujours eu peur, mais quand ils étaient arrivés ici cette idée avait disparu ; elle était tellement certaine qu'il aurait trop peur de le faire, de risquer une chose aussi insensée, aussi folle, et maintenant elle court vers sa tente à lui parce qu'il faut qu'elle vérifie, qu'elle sache tout de suite, qu'elle calme sa peur.

Samuel ?

Et lorsque la tente laisse apparaître son espace vide, une bouffée d'un air acide et la transpiration froide, mêlée aux relents de vodka, Sibylle réprime un haut-le-cœur. Elle regarde le sac de couchage, le touche, puis se redresse et hors de la tente elle regarde partout autour d'elle,

Samuel !

Sa voix qui devient de plus en plus forte, rocailleuse, âpre,

Samuel !

Sa voix qui éclate bientôt jusqu'à ce que Arnaud surgisse près d'elle, et Sibylle qui ne comprend pas, qui le regarde, stupéfaite, hagarde,

– Je ne sais pas où est Samuel.

– Il est peut-être parti pisser, ou peut-être –

– Son cheval a disparu, merde, tu comprends pas ?

Et alors, lui qui doit bafouiller quelque chose comme un *ah* confus, dubitatif, même pas inquiet ou apeuré mais seulement surpris, comme d'une chose anodine, banale, un tracas, un embêtement mais rien de plus qu'un contretemps insignifiant et qui traduit seulement son indifférence, se dit Sibylle. Oui, bien sûr. Il s'en fout. Il doit penser, merde, je préférerais qu'on retourne se coucher et qu'on refasse l'amour. Mais elle ne fait pas attention à ce qu'il pourrait penser ou dire, elle retourne dans la tente de Samuel, cette fois elle y entre et fouille, cherche. De l'extérieur Arnaud l'entend qui gueule, putain, putain, merde, c'est pas vrai, c'est pas vrai ! Lorsqu'elle ressort, elle voit qu'enfin Arnaud a l'air d'avoir compris ce qui vient d'arriver. Et alors elle se précipite dans sa tente à elle, elle se jette sur ses affaires, sa selle, ses sacoches,

– Qu'est-ce que tu fais ?

– Qu'est-ce que tu veux que je fasse ?

– Tu veux aller où ? Tu vas pas partir maintenant, il est cinq heures du mat !

– T'as une meilleure idée ?

Et elle ne l'écoute pas, elle fonce vers son cheval, et déjà elle l'attelle, le prépare, elle est tout à ce qu'elle fait, rapide, décidée, elle n'entend rien que ce qu'elle a choisi de faire et derrière elle les pas, les gestes, la voix, la panique qui monte chez Arnaud quand il lui dit qu'il faut attendre, qu'elle n'est pas raisonnable, elle ne sait même pas où elle doit aller le chercher, où est-ce qu'elle peut le trouver de toute façon ? Elle n'a aucune idée de là où il peut être, dans quelle direction il est parti, et maintenant elle monte sur son cheval, et il essaie de la retenir, de retenir le cheval, et elle se dégage,

– Ça suffit, Arnaud, tu me laisses passer !

– Non, arrête tes conneries, on va l'attendre, il fait nuit, on va l'attendre, il va revenir.

– Non, tu me laisses partir.

– Non.

– Je t'emmerde, c'est pas parce qu'on a baisé que tu vas me donner des ordres, ok ?

Et elle se dégage et éperonne son cheval, et Sidious s'élance, laissant Arnaud immobile, sidéré, les bras ballants, complètement pétrifié.

49

D'abord elle part au galop, sans même se demander où elle doit partir, mais traçant sa route à l'instinct – essayant peut-être de deviner, malgré tout, sur le sol, même s'il fait nuit, même s'il n'a pas plu et que la sécheresse interdit d'espérer quoi que ce soit de ce côté-là, une empreinte, des traces de sabots qui pourraient lui donner une indication, une direction à laquelle elle pourrait se fier. Mais non, rien. Alors elle ferme presque les yeux et se laisse guider par son cheval. Elle accepte de ne rien savoir, de ne rien comprendre. De n'avoir aucune idée.

Elle sait seulement que la nuit est moins opaque. Elle qui l'était déjà si peu s'ouvre davantage encore et, maintenant, l'aube apparaît sur le flanc des collines. C'est encore l'aube hésitante, fragile, incertaine de sa capacité à imposer sa présence ; c'est à peine une fissure, une fêlure, une brèche dans la nuit qui laisse apparaître non pas déjà le dessin des arbres, les arêtes des rochers, le contour des crêtes et les angles des glaciers au loin, mais comme une buée d'un gris rosé, une transparence lumineuse mais floue, vibrante, qui éclot et semble transpercer l'humidité de la forêt. Sibylle ne sait pas où aller, elle avance à l'aveugle et sans savoir pourquoi elle se dit qu'elle doit sortir de la plaine, qu'elle doit traverser la forêt et remonter de l'autre côté, vers la montagne qui offre un pan grisâtre immense, irrégulier, comme hérissé de pics, troué d'anfractuosités, mais abrupt, quasiment à la verticale. Elle se dit qu'elle est folle, son cœur bat trop vite. Elle devrait avoir froid parce que des nappes d'une fraîcheur humide remontent des arbres, du sol, de la terre, elle ne sait pas, comme des courants d'air glacial qui la transpercent quelques secondes avant de s'évanouir et de laisser la place à un air plus tiède, presque chaud. Mais surtout elle transpire, elle est brûlante ; la transpiration dans son cou, dans son dos, et ses mains trop moites qui doivent s'accrocher aux rênes pour bien les tenir. Et elle tient bon.

Elle tient, Sibylle.

C'est soudain comme si le fait d'avoir pensé à elle avait précipité Samuel. Elle qui l'avait oublié ce soir. Elle l'a oublié, le temps de s'oublier elle-même. Le temps de penser à la femme qu'elle est, cette femme qui était tellement morte en elle, depuis si longtemps... Elle a cru qu'elle pourrait la réveiller, l'aider à se relever, et maintenant elle se dit que si Samuel est blessé, si Samuel est perdu, si Samuel ne revient pas, elle ne se le pardonnera jamais. Elle ne survivra pas à ça, elle refuse de survivre à ça, elle y a survécu déjà une fois, elle ne pourra pas y survivre une deuxième, elle sait qu'on ne peut pas. Et maintenant elle frappe son cheval, elle gueule contre son cheval, elle crie pour appeler Samuel, mais autour d'elle la forêt semble avaler ses cris et elle avance en écrasant des branches, des brindilles sèches qui cassent comme des carapaces, des ossements. Et bientôt elle ralentit, elle n'entend plus que son souffle, celui de son cheval, et la nuit, le bois de la forêt qui craque autour d'elle.

Et puis voilà deux heures déjà qu'elle est partie. Deux heures de cris, de panique, de regards fous, de colère retournée contre elle.

Deux heures, et elle est sortie de la forêt, a suivi un sentier, une coulée qui monte dans la montagne et la divise en deux.

Maintenant, Sibylle avance lentement. Elle scrute, elle fouille du regard à travers les futaies, les bosquets – des blocs de pierre, immenses, des éboulis de la taille d'une voiture, et la lumière de l'aube qui s'est affirmée, qui a rongé l'obscurité et n'en a plus laissé qu'une ombre à la lisière de la forêt. Ici, à découvert, la lumière gagne, elle grandit, pas encore blanche, mais orangée, tendre, et si Sibylle a renoncé à crier le prénom de Samuel, elle remplace les appels par une recherche plus tatillonne, plus précise, plus entêtée encore. Elle décide qu'elle va monter plus haut. Elle aperçoit, derrière le lacet qu'elle entreprend de suivre, un replat, comme un dôme qui doit pouvoir servir d'observatoire et de lieu de repos – soudain elle comprend qu'elle crève de soif, sa bouche se déchire, sa gorge lui fait horriblement mal, chaque souffle est un arrachement. Mais elle avance, elle monte, elle continue. Un lièvre détale à son approche, des cailloux dégringolent à son passage, comme une pluie d'osselets. Le cheval hennit, s'arrête, il s'impatiente. Il est nerveux, mais Sibylle le pousse à continuer. Il faut continuer, continue, continue, lui murmure-t-elle, comme si elle avait trouvé en elle assez de force pour en donner aux autres, pour rassurer son cheval alors que lui, oreilles dressées, yeux grands ouverts, il sent la peur de sa cavalière, son angoisse – cette peur qui irradie tout et qu'elle ne peut pas cacher. Mais il faut continuer et le fameux éperon rocheux qui devait offrir un observatoire et un moment de calme, de réflexion, s'éloigne encore et, sous les sabots de Sidious, des pierriers instables, tremblants, déclenchent de mini-avalanches qui pétaradent comme de la mitraille. Mais peu importe, on continue. Et bientôt il faut s'arrêter, un filet d'eau coule entre la pierraille. C'est une eau vive, glaciale mais pure et revigorante. Sibylle en boit, se lave le visage, se frotte les mains, la nuque. Sidious boit aussi, il avale de grandes lampées entre les pierres, et parfois il lape aussi les pierres, attendant mieux.

Et c'est au moment où elle va remonter en selle qu'elle l'entend.

Une seconde, un arrêt.

Puis oui, elle en est certaine. Ce qui la trouble, c'est que son cheval ne l'entend pas, ou ne s'en émeut pas. Et puis soudain lui aussi se redresse, il tend l'oreille, il a entendu. Un gémissement. Un souffle puissant, un râle – Sibylle se glace parce qu'elle comprend soudain ce qu'elle entend, le cheval, c'est un cheval qui est en train de geindre –, oui, comme s'il pleurait, il gémit, il essaie de crier, d'appeler, et sa plainte frappe contre les roches grises et se perd dans les gouffres, se dilue dans le ciel, et Sibylle ne remonte pas sur son cheval mais le tire par le licou, elle veut aller voir, il faut y aller, elle avance et les bruits se précisent, un souffle, un gémissement sans fin, une plainte, longue, lente, odieuse aussi à force de douleur et de résignation. Sibylle essaie de rester calme, de ne pas s'affoler, de ne pas hurler encore le prénom de Samuel. Calme-toi et réfléchis, réfléchis, se répète-t-elle, et elle se demande d'où ça peut provenir, il faut rester calme, reste calme, calme. Et lente, à l'écoute, pour comprendre d'où le son peut venir.

Et puis soudain, enfin, c'est là : un trou énorme, une coulée de pierres, de la caillasse grise et au fond de la brèche, le corps allongé du cheval. Elle se précipite pour voir, se tient au bord, et tout au fond, à l'ombre des roches qui créent une avancée, dans un repli, les quatre jambes, longues comme des pattes d'araignée, qui essaient de bouger, comme si le cheval tentait de courir ou de nager, de s'enfuir comme on s'enfuit dans un rêve, et son cou qui n'en finit pas et n'essaie même pas, lui, de se redresser. La tête est loin en arrière, on ne la voit pas, elle est tombée à la renverse. Alors Sibylle laisse son cheval, elle ne tente même pas de l'attacher, elle sait qu'il ne partira pas. Vite, elle court, dégringole, tombe, se laisse glisser et le lit de cailloux avec elle, qui suit, s'affaisse, et bientôt la voilà tout près du cheval. Starman est là, tremblant, le corps recouvert de sueur et de poussière, toute la poussière qu'il a dû soulever en glissant dans ce trou – est-ce qu'il s'est cassé une jambe, fracturé le dos ? Elle ne sait pas. Et Samuel, où est Samuel ? Il ne doit pas être loin. Ils sont tombés, le cheval n'arrive pas à se redresser, qu'est-ce qui a pu se passer, ils ont dû glisser, mais où est Samuel ? Où ? Où est Samuel et est-ce que Samuel est blessé ?

Parti ? Est-ce qu'il aurait laissé son cheval à l'agonie ou est-ce qu'il est reparti vers le campement ? Et à pied, comment il va faire ? Et tout en pensant à son fils elle caresse l'encolure de Starman, il a l'air de souffrir, elle va chercher sa lourde tête qui est tombée en arrière et elle essaie de la redresser, de la mettre en avant, tournée vers l'encolure, vers elle aussi. Le cheval ne résiste pas, il se laisse faire, ses grandes dents jaunes sortent parce que les lèvres sont retroussées, de la bave mouille la main de Sibylle. Il pousse des gémissements horribles, son haleine pue d'une odeur fétide et son souffle est chaud, puissant. Et pourtant c'est la poussière et le sang qui dominent, une odeur de sang, et la poussière qui est retombée dans les poils, qui a blanchi le corps. Ses naseaux s'ouvrent et se ferment comme des cœurs qui cherchent le sang pour continuer à battre ; Sibylle repose la tête si lourde, si fatiguée, si fragile, car le crâne seul semble solide – le cou est sans force, mou, Sibylle peut prendre la tête entre ses mains sans que rien ne résiste. Elle le regarde, Starman a les yeux ouverts et lui aussi la regarde. Dans l'œil bleu de Starman elle voit son reflet déformé, comme dans les miroirs anciens qu'on trouve dans la peinture hollandaise, ces miroirs qui déforment les corps, les allongent, les étirent d'un côté et les réduisent à rien de l'autre. L'œil se voile, il est clair pourtant mais pas aussi bleu, pas aussi lumineux, quelque chose a terni, quelque chose de gris, et pourtant elle se voit dans l'œil et ce qu'elle voit aussi derrière son image à elle, c'est ce cheval qui lui demande pourquoi il va mourir ici, pourquoi il souffre et ne sent plus ses membres. Elle ne sait pas ce qu'elle pourrait dire, elle voit les paupières qui se ferment et s'ouvrent, les clignements de l'œil, le souffle lourd, Sibylle se demande ce qu'elle peut faire, peut-être rien, peut-être qu'il faudrait aller chercher de l'aide, peut-être laisser éclater sa colère, sa peur, crier, et soudain le visage d'Arnaud la traverse, pourquoi elle pense à ça, cette pensée idiote, cynique, qui se retourne contre Arnaud, quand ce connard aura du temps à perdre, il n'aura qu'à venir voir ce que c'est, si ça lui plaît, et prendre le temps de peindre un cheval mort.

Elle ne sait pas quoi faire, elle ne sait pas mais soudain elle crève d'envie de pleurer parce qu'elle ne peut rien pour aider cet animal dont la poitrine se soulève dans de grands mouvements laborieux, comme s'il s'agissait pour lui de bien faire, d'aller jusqu'à la mort avec lenteur et application, douloureusement, au prix de terribles efforts.

Et puis, soudain, plus haut, elle entend son cheval qui s'agite – Sidious la regarde, mais elle entend qu'il hennit, il piétine, apeuré. Elle le sent, l'entend, et vite elle essaie de remonter. Mais les pieds s'enfoncent, les pierres glissent. Elle tombe plusieurs fois sur les genoux, se redresse, recommence. Elle finit à quatre pattes, elle attrape les pierres à pleines mains, elle s'agrippe, la poussière l'étouffe, l'aveugle, elle tousse, se frotte le nez, les yeux, avec le coude, et puis finalement elle rejoint Sidious. Elle lui flatte l'encolure, elle le prend par le cou, et puis doucement, lentement, ça remonte de profond en elle, elle pleure. Elle caresse son cheval et reste là, comme ça, sans savoir ce qu'elle va faire. Simplement, la joue contre son cheval, elle sent sa chaleur, sa douceur, et elle ne peut plus s'arrêter, elle voudrait lui dire qu'elle regrette, qu'elle ne comprend pas comment on en est arrivés là et qu'elle trouve injuste ce qui arrive à Starman.

Sidious regarde en bas.

Et puis soudain il se remet à battre des sabots, à montrer son impatience.

Alors Sibylle se ressaisit, à son tour elle jette un coup d'œil en bas. Starman ne bouge presque plus. Son souffle est toujours lourd, pesant, et l'œil est ouvert, la lèvre toujours retroussée. Sibylle ne peut rien, mais soudain elle se demande, comment on ferait dans un film ? Elle connaît la scène, les fictions lui ont souvent donné des clés pour se comporter dans la vie, elle a souvent pu reconnaître sa vie dans des personnages qu'elle a aimés. Il faut prendre l'arme qui est avec toi, il faut redescendre près du cheval ; il faut avoir le courage de charger l'arme, de regarder en face l'animal, dans les yeux, puis de détourner le regard ; il faut avoir l'humanité de tirer et de laisser l'onde de choc du coup de feu éclater et se répandre jusqu'à des kilomètres. Elle hésite. Elle ouvre sa sacoche. Elle ne sait pas si elle va faire ça, achever le cheval – mais à peine sa main entre dans la sacoche que ce qu'elle découvre, c'est le vide, l'absence du pistolet. Elle fouille, l'arme n'est pas là. Elle a à peine le temps de se demander, de s'agiter car c'est son cheval qui est pris de panique et commence à vouloir courir, qui hennit, gémit, commence à ruer ; elle doit lutter pour le calmer et bientôt, alors, elle s'élance et monte sur lui pour le chevaucher et tenter de le rassurer – oui, mon beau, on y va, qu'est-ce qu'il y a, qu'est-ce que tu as ?

Elle ne tarde pas à comprendre ; à quelques mètres au-dessus d'eux, trois loups attendent le moment d'attaquer le cheval mourant. Ils ne bougent pas, ils se tiennent assez loin, ils attendent, épiant d'un œil inquiet le moment de passer à l'attaque. Ils n'ont pas l'intention d'attaquer Sibylle, elle le devine presque tout de suite – le temps de la sidération, d'entendre les grognements, de comprendre leurs regards, les positions des corps, les pattes tendues, les poils gris, noirs, dressés sur le dos, les babines retroussées –, une seconde l'image de Djamila passe devant elle, la mort de son père, les loups, celui qui avait tué son père, oui, l'arme, et maintenant ce pistolet Sibylle serait bien contente de l'avoir, car même si elle pense qu'ils attendent qu'elle parte, qu'ils n'attaqueront pas, elle ne peut pas s'empêcher de se dire que, dès que Sidious aura dévalé la pente pour repartir de l'autre côté, dès que la voie sera libre, les trois loups iront directement vers le trou dans lequel Starman est en train de mourir – et que mourant lentement, la mort ne venant pas assez vite, il aura le temps de sentir l'odeur des loups, de comprendre qu'il ne pourra rien faire, peut-être que les gueules se refléteront dans l'œil bleu exorbité de Starman, peut-être qu'il pourra lancer un dernier cri et qu'un coup de sabot pourra racler l'air ou les cailloux, soulever la poussière avant qu'ils attaquent, qu'ils mordent, il ne pourra rien faire quand ils le déchireront, et Sibylle imagine une seconde ce que ce peut être de se voir mourir et déchiqueter et de ne rien pouvoir faire et d'attendre la mort et de supporter la douleur, alors elle frappe ses talons de toutes ses forces et Sidious part au loin, abandonnant Starman à son sort, les loups à leur festin, et la montagne à sa vérité.

50

Car ce qui compte, c'est de retrouver Samuel. Il ne peut pas être loin. Il ne doit pas être bien loin, c'est impossible. Sibylle essaie d'imaginer ce qui a pu se passer – non pas pourquoi il a abandonné son cheval, ce qui la surprend et l'inquiète –, mais comment il a dû, après avoir pris la décision de partir, faire sans doute le choix de retourner vers le campement. Mais aussitôt une foule de questions l'assaillent – est-ce qu'il est parti et qu'il a laissé son cheval parce qu'il était lui aussi blessé et qu'il avait besoin d'aide ? Si c'est ça, alors il ne peut pas être loin, il ne peut pas être revenu vers la forêt, c'est impossible, il est encore dans la montagne. Mais alors pourquoi s'il est redescendu, pourquoi elle ne l'a pas vu ? Est-ce qu'il aurait pu se cacher ? Est-ce qu'il aurait pu décider de se cacher s'il l'avait vue ou entendue ? Mais s'il est blessé, s'il redescend, pourquoi se cacher ? Qu'est-ce qu'il lui reproche ? Qu'est-ce qu'il craint d'elle ? Il craint quelque chose ? Il a peur d'elle ? Il lui en veut à ce point ? Mais de quoi ? De quoi, bon Dieu ? Sauf que peut-être il n'est pas blessé et qu'il a décidé de continuer, de monter, de poursuivre sa route sur la montagne et qu'il espère arriver de l'autre côté avant midi et passer le col ?

Mais tout ça est absurde. Il ne peut pas y arriver comme ça. Et pourquoi il ferait ça, lui qui s'est toujours protégé derrière elle pour ne pas avoir à parler en russe, pour éviter d'échanger deux mots avec des nomades, comme s'il avait peur d'eux, de leurs mots, de l'autre, quel qu'il soit. Alors pourquoi il fuirait maintenant ? Et fuir quoi ? Simplement parce qu'elle lui a coupé la parole quand il disait des conneries sur les musulmans ? Ah oui, comme ça la fatigue d'entendre toutes ces conneries ! Comme s'il allait piocher dans le discours ambiant, pathétique, méprisable, d'une France qui ne se reconnaît plus et tombe dans la facilité de la violence, du rejet, bon Dieu, elle qui a tant lutté contre ça, voilà maintenant que son fils la rejette et rejette les musulmans parce qu'il fantasme un pays blanc et sans aucune aspérité – comme si elle-même n'était pas une fille d'immigrés ? Comme si le fait d'avoir la peau blanche faisait d'elle et donc de lui des Français plus français que quelqu'un dont le nom aurait des consonances arabes ? Est-ce qu'il sait que c'est un fantasme, et qu'accepter les musulmans ça ne veut pas dire *devenir* musulman ? Qu'accepter les pédés ce n'est pas *devenir* pédé ? Comme si les autres, il avait peur d'être contaminé par eux, comme si tous les discours qui la révoltent en France n'étaient pas tant le rejet de l'autre que la peur de *se diluer* en l'autre, de devenir l'autre ; comme si au fond, leurs discours racistes c'était juste l'incertitude sur soi, la peur de ne pas savoir être soi-même et d'être capable de le rester en face des autres. Comme s'il fallait toujours penser une relation dans la domination ou la soumission. Elle n'en veut plus, de cette merde. Alors, son fils ? Son fils serait comme ça ? Oui, peut-être. Et peut-être qu'elle n'a pas pris assez la mesure de ça, de cette inquiétude qu'il a manifestée. Et une fois encore elle sent que quelque chose en elle veut le protéger, l'excuser, le défendre. Parce qu'elle veut croire qu'il n'est pas raciste ni seulement un pauvre mec, mais qu'il a peur, que tout vient de sa peur de l'autre, de lui-même. Oui, sans doute il n'a pas confiance en lui. Mais comment aurait-il pu avec une mère comme moi, qui a tout échoué, tout raté dans sa vie, se demande-t-elle, comment il aurait pu avec un père qui ne s'intéresse qu'à lui, qui n'a jamais regardé son fils comme un autre, justement, mais comme un résidu de lui-même, à peine bon à le copier, à l'imiter, ne lui laissant jamais la chance de s'éloigner des chemins qu'on avait tracés pour lui ?

Pendant un instant elle s'arrête. Et elle regarde en contrebas, non, il n'est pas redescendu, soudain elle en est certaine. Il a dû continuer à monter, même si c'est absurde – mais tout est absurde dans sa fuite en pleine nuit –, alors pourquoi il aurait tout à coup un comportement raisonnable ou logique alors que rien ne l'a été dans ce qu'il a fait cette nuit ? Oui, il faut monter encore. Elle reprend. Une veine – peut-être de marbre, de granit –, et elle décide de suivre cette nervure et lentement, calmement, elle incite Sidious à monter sur les flancs de la montagne, à suivre le minuscule sentier noir qui dessine comme une saignée étroite, profonde, accrochée sur les versants très raides – parfois des pans entiers de roche se sont effondrés, laissant une paroi striée de lignes nettes, longues estafilades à même la pierre qui se terminent en éboulis, en amas de caillasse, comme des billes, des cailloux, des galets, des pierres grosses comme des poings. Mais elle ne fait pas attention aux éboulements. On avance. Elle regarde devant, lentement, avec une précaution infinie soudain parce que de là où elle est assise, Sibylle peut voir, très au-dessous des étriers, bon Dieu, oui, des centaines de mètres, un flanc abrupt, la forêt comme une tache touffue de vert et de noir, et puis la montagne elle-même, et la vallée encore, la plaine avec les yourtes grandes comme des mouches – elle a peur, Sibylle. Elle se dit qu'il faut avancer sans réfléchir mais elle ne peut pas s'en empêcher, pas empêcher son cerveau de filer à toute allure et d'imaginer le pire – qu'est-ce qui a pu lui arriver, Samuel, qu'est-ce qui a pu t'arriver ? Pourquoi tu as fui comme ça ? Ce n'est quand même pas simplement parce que je t'ai dit de la fermer à cause des trucs débiles que tu peux déblatérer sur les Arabes et les musulmans ? Et pendant qu'elle ressasse, qu'elle refait le chemin, qu'elle essaie de comprendre, d'oublier aussi les images de Starman – son œil bleu, les coups de sabots dans le vide et son gémissement qui lui déchire les entrailles et la mémoire maintenant, et les loups, leurs menaces, comment ils l'ont accompagnée jusqu'à ce que Sidious et elle soient suffisamment loin pour qu'ils puissent descendre et se laisser glisser dans le trou où les attendait, frémissant de vie encore, leur proie –, pendant ce temps, donc, la saignée s'est ouverte, le front de la montagne s'est adouci et enfin tout le paysage s'ouvre et c'est comme s'il retombait de l'autre côté, un plan très large, recouvert de verdure, une vallée qui s'étend sous le ciel : un léger affaissement, un renflement, des moraines de loin en loin et, au fond, là-bas, le plan d'herbe qui s'effondre pour retomber sur l'autre versant de la montagne.

Est-ce qu'il peut être de l'autre côté ? Les sabots de Sidious, mais surtout le souffle épuisé du cheval, son hennissement de joie parce qu'il sait qu'il va pouvoir se reposer, brouter, qu'il n'aura plus à marcher comme ça en équilibre sur les roches. Mais bien sûr aussi la voix de Sibylle qui lui commande de continuer. Il n'y a personne, que le vide, l'espace qui s'ouvre et le ciel au-dessus d'elle – elle n'a pas remarqué que le ciel est noir ce matin –, elle pense peut-être que c'est un lambeau de nuit qui s'attarde, mais non, des nuages s'amoncellent au-dessus des glaciers et des cimes, ils recouvrent les crêtes, les effrangent, les noient. Sibylle descend de son cheval et elle se précipite pour regarder en contrebas, de l'autre côté. Elle n'a plus la force d'appeler, plus la force de rien. Elle regarde dans le vide, figée, stupéfaite. Le visage défait, ravagé, les yeux emplis de larmes qu'elle ne prend pas la peine de sécher. Elle ne bouge plus et laisse traîner sur sa bouche le prénom de son fils, elle dit, mon amour, mais aucun mot ne sort d'entre ses lèvres, mon amour, mon fils, Samuel, tout s'étouffe et s'éteint sur le bord de ses lèvres. Et quand alors les premières gouttes de pluie tombent, lourdes, épaisses, elles éclatent comme des billes d'eau sans que Sibylle réagisse. D'abord des *ploc*, *ploc*, des gouttes éparses, quelques-unes, mais elle s'en fiche, elle ne s'en aperçoit peut-être pas, elle pense à Samuel, elle commence à se dire qu'il ne veut plus la voir, elle imagine qu'il la regarderait en face et qu'en levant la voix il dirait que son père avait raison quand il répétait qu'elle n'était qu'une folle incapable de rien et quand il se vantait de l'avoir larguée, bien fait de partir, de la laisser dans sa merde, cette pauvre dépressive toujours en train de sombrer, toujours inconsolable d'on ne sait pas quoi, de son passé, de sa jeunesse, incapable de jamais rien voir, il a raison papa, tu vaux rien, t'es rien, oui, elle est certaine de ces mots, elle est sûre que c'est avec des mots comme ceux-là dans sa tête que Samuel est parti.

La pluie tombe et Sibylle n'a pas encore vu que parfois le ciel se fendille d'immenses éclairs, comme des veines de marbre d'un blanc électrique. Le tonnerre ne se fait pas entendre encore, seulement la pluie, la pluie qui bat à ses oreilles et tombe de plus en plus drue, verticale, glacée. Mais pour l'instant elle ne peut pas sortir de cette torpeur, il faudrait revenir en arrière et trouver un endroit pour se réfugier, pour attendre – ici, pas d'arbres, pas de roches, aucun espace pour se protéger de la pluie. Mais elle reste sans bouger, elle aura marché vers son fils et lui n'est pas là, elle va abandonner, elle ne le trouvera pas, maintenant elle le sait, peut-être qu'il a fait marche arrière et qu'il l'attend au campement ? Elle a l'impression qu'elle n'aura fait que ça, depuis des mois, faire comme si elle marchait sur un fil, en équilibre, très au-dessus de tout ce qu'elle connaît, ce qu'elle a pu supporter et vivre, et les mots viennent dans sa tête – pourquoi elle ne lui a jamais rien dit ? Pourquoi elle a laissé son fils croire son père ? Pour le protéger ?

Samuel, Samuel... Mon Samuel...

Elle s'imagine face à lui et elle se met à parler, oui, à voix haute, sous la pluie, la pluie qui recouvre sa voix, elle le dit comme s'il était là – mais en face il n'y a que la montagne, la pluie et le ciel qui se dévide : Je m'étais promis de ne jamais te raconter ça parce que je croyais que pour un garçon avoir une bonne image de son père, c'était la chose la plus importante du monde. Je croyais t'aider en le protégeant, j'étais tellement sûre que pour un garçon de ton âge, qu'un père, je me disais, un père, sans un père, qu'est-ce qu'on est à seize ans, hein ? Qu'est-ce qu'on devient si personne ne nous apprend à devenir un homme ? Comment tu deviens quelqu'un de bien ? Comment tu respectes les femmes ? Comment tu admets que d'autres partagent le même espace que toi mais qu'ils ne te menacent pas forcément ? Comment tu ne te caches pas du regard des autres ? Comment tu ne deviens pas lâche et laid si personne ne t'apprend ? Est-ce que ce n'était pas à ton père de t'apprendre ça ?... C'est pour ça que je t'ai laissé croire... Oui, tout ce qu'il t'a raconté sur moi... Sur lui. Ce n'est pas lui qui est parti, ce n'est pas lui, c'est moi, c'est moi qui l'ai foutu dehors, c'est moi, tu entends ? Ce n'est pas lui qui a décidé, c'est moi... qu'est-ce que ça pouvait me faire, à moi, de le voir rentrer en essayant de me faire croire à n'importe quelle connerie de repas d'affaires, quand je le voyais qui se grattait le nez en baissant les yeux avec des mensonges pitoyables... Oh oui, Samuel, Samuel, même le nombre de fois où il me réveillait pour me forcer à faire l'amour... Je ne t'ai jamais démenti quand tu disais papa est parti... J'avais peur, et il aurait voulu partir mais lui aussi il avait peur, il ne pouvait pas nous quitter, il ne pouvait pas et ce n'était pas par amour pour nous, non, ne crois pas ça surtout, c'est juste qu'il avait peur. Pourquoi tous on a peur de quelque chose ?

51

Et soudain, alors que la pluie l'oblige à baisser les yeux, alors qu'elle les ferme à demi, un instant très court elle regarde à quelques mètres seulement, oui, là, dans les rochers, en bas – pas loin, et sans réfléchir elle descend, se penche, s'agrippe, indifférente à la pluie qui tape de plus en plus. Mais il faut descendre parce que là, entre deux rochers, elle a vu cette masse noire qu'elle reconnaît tout de suite : le pistolet de Djamila.

Elle réussit sans trop de mal à le récupérer, et elle le tient, le tourne dans tous les sens – oui, pas de doute, un vieux flingue noirâtre, le canon égratigné. Et alors, elle reste une seconde sans comprendre et décide de partir, cette fois la pluie devient insupportable. Sibylle est trempée, elle réalise enfin qu'elle doit se mettre à l'abri. Elle tient l'arme sans y faire attention, elle la garde dans la main et remonte en escaladant les rochers qui ont noirci sous l'impact de la pluie, les rochers luisants et glissants maintenant, mais elle fait attention – elle entend son cœur qui bat, oui, tout à l'heure, elle a bien vu qu'elle ne l'avait plus dans sa sacoche, ce pistolet, c'est donc que Samuel a dû le prendre en partant, oui, c'est ça, bien sûr que c'est ça, et ça veut dire qu'il est bien venu jusqu'ici, qu'il a perdu l'arme ici – peut-être en redescendant de l'autre côté ? Peut-être qu'il a décidé de s'en débarrasser ? Peut-être qu'il a... oui, une seconde elle songe que peut-être il a... ? Est-ce qu'il a retourné l'arme contre lui et puis renoncé et puis ? Mais il est où ?

En tout cas, maintenant elle sait qu'elle a eu raison de venir jusqu'ici.

Et elle pense : Samuel, ça ne sert à rien la haine, qu'à se faire du mal à soi. Tu comprends ? Je sais que tu comprends. Et alors qu'elle se redresse et remonte sur le plateau, le temps qu'elle essaie de reprendre son souffle, elle regarde l'arme, elle sait qu'elle pourrait retourner le pistolet contre elle, elle sait qu'elle pourrait aussi tirer dans le vide pour que quelqu'un l'entende, que Samuel l'entende – car il est quelque part, c'est sûr, il n'est pas loin –, mais non, elle regarde l'arme avec dégoût comme si c'était à cause d'elle que tout venait d'arriver. Et sans réfléchir elle avance vers le bord de la falaise, elle va serrer fort le pistolet qu'elle n'aurait jamais dû accepter et le balancer dans le vide aussi loin qu'elle le pourra, et il se fracassera contre les pointes osseuses des roches, il finira dans les ronces, les trous, gorgé d'eau, de boue, de particules de poussière, il pourrira ici et c'est ce qui pourra arriver de mieux.

Mais elle ne peut pas rester longtemps à le regarder voler dans les airs, sous la pluie, et puis tomber et glisser d'une roche à l'autre sans vraiment s'abîmer – car non, elle reste compacte, l'arme, elle ne se détruit pas, ne se disloque pas, elle glisse et disparaît entre les failles, en contrebas.

Sibylle alors se retourne, c'est comme si soudain elle se réveillait, qu'elle émergeait d'une sorte de rêve et qu'il fallait se ressaisir – peut-être parce qu'elle a à peine le temps de se tourner vers le vaste plateau gonflé d'eau maintenant et de constater que Sidious n'est plus là, qu'il est parti ; oui, merde, elle se met à courir, elle veut le retrouver, tout à coup elle comprend qu'elle doit se protéger, et le cheval, son cheval, comment va-t-il faire ? Elle court et de l'autre côté, elle le voit, il est redescendu et a repris la saignée qu'ils ont empruntée pour arriver jusqu'ici. Elle l'appelle. Elle crie. Mais le cheval ne s'arrête pas, il veut descendre, il ne s'arrêtera pas avant d'avoir trouvé un lieu pour se protéger – et maintenant le tonnerre cogne et se répercute contre les rochers, et c'est comme si les glaciers et les montagnes en propageaient la force, l'écho, bien au-delà, le renvoyant contre le ciel – ce ciel bas et noir maintenant, une masse compacte de nuages ne laissant plus passer aucune trouée ni même un rayon de soleil –, la seule luminosité alors, c'est celle que les éclairs projettent sur les versants des montagnes, sur les plaines, à l'infini, des lumières comme des explosions qui se réverbèrent sur le plan opaque de la masse nuageuse. Et en quelques minutes seulement, Sibylle ne voit plus rien. C'est comme si elle était incapable de réagir, elle ne comprend pas qu'il faut redescendre, qu'elle trouve n'importe quel angle de roche pour se mettre à l'abri, la foudre cisaille le ciel, le vent couche la pluie – et bientôt les grêlons mitraillent le sol et le vent les couche pratiquement à l'horizontale, alors Sibylle s'engouffre à son tour dans la saignée et plonge quasiment en courant, elle se souvient, oui, plus bas – combien faut-il courir ? cinquante, cent mètres ? –, peu importe, il faut courir et, aveuglée, incrédule, elle suffoque sous la violence des rafales de vent et des claques de grêlons, et enfin elle se réfugie sous un rocher fendu en deux et qui laisse, à sa base, un espace ouvert sous lequel elle peut se glisser et se protéger du vent, de l'agression des grêlons. Elle se courbe comme elle peut, elle s'enroule sur elle-même en attendant que ça passe – est-ce que ça va passer ? Est-ce que c'est seulement une nuée ? Car maintenant Sibylle a peur ; maintenant elle se dit que peut-être ce n'est pas seulement une poche qui vient de s'ouvrir au-dessus d'elle, qui libérerait dans un gros orage la pluie trop longtemps retenue dans le ciel, et qui se dissiperait bientôt, dans quelques minutes, un orage violent et passager, balayé par le vent, un orage qui ne tiendrait pas et irait jeter sa colère contre d'autres glaciers, d'autres montagnes – mais au fond d'elle-même elle est prise d'une peur qui va jusqu'à la terreur, non, ça peut durer des heures, peut-être toute la journée, et dans ce cas comment elle peut faire ? Et lui, Samuel, est-ce qu'il est à l'abri ? Est-ce qu'il a eu le temps de se protéger ? Et soudain c'est ça, seulement ça qui la terrorise : est-ce que Samuel a pu se protéger à temps ?

Elle est frigorifiée, elle sent ses doigts qui gèlent. Bientôt ils seront bleus, engourdis, chaque mouvement deviendra difficile, douloureux et sa bouche, ses lèvres se ferment. Son corps, ses muscles se raidissent, elle est prise de spasmes – un froid qui la mord jusqu'aux os et dont elle ne peut pas se défaire parce qu'il la paralyse. Si elle ne fait rien elle risque l'hypothermie, elle a conscience qu'elle ne peut pas rester sans rien faire – mais sortir serait encore pire, sauf si, oui, il lui semble soudain que les grêlons ont cessé de tomber, et si le tonnerre gronde toujours, si les éclairs continuent de zébrer le ciel, peut-être qu'elle doit profiter de ce répit, et son corps recroquevillé – elle le tient comme ça, les bras autour des jambes, le dos courbé, la nuque, la tête entre les genoux, son corps ne lui répond presque pas, et lentement il faut qu'elle le déplie, le déploie comme un objet trop vieux, fragile, une petite mécanique rouillée dont chaque élément pourrait céder, rompre, casser comme une brindille, mais elle le fait, il faut qu'elle se risque à regarder et elle voit comment autour d'elle tout est blanchi, déjà, en quelques minutes, la pluie et les grêlons ont laissé une plaque de glace et elle se dit que malgré le vent il va falloir sortir, une seconde elle se dit qu'elle va retrouver son cheval un peu plus bas, il n'aura pas pu avancer davantage, mais non, elle ne peut pas, elle est cachée par le rocher, protégée, elle est restée trop longtemps, il faut sortir parce que c'est maintenant ou jamais. Si elle ne bouge pas et que la pluie, la grêle reprend, elle sait qu'elle va mourir, et alors cette peur est si forte qu'elle s'extirpe de sa grotte improvisée et reprend sa marche – je vais descendre, je vais rejoindre la forêt, ça va aller, il faut surtout ne jamais s'arrêter parce que le froid va me tuer –, elle descend et autour d'elle un brouillard épais bouche des passages entiers, elle ne voit plus en bas, tout est bouché et chaque pas est une progression hésitante, risquée, la glace prend partout, les arêtes des pierres, la saignée qu'elle avait prise semble s'être rétrécie et alors elle y va, il le faut. Elle est restée combien de temps sous l'escarpement du rocher ? Elle ne sait pas. Sans doute trop longtemps, elle n'a pas la moindre idée de l'heure – à cet instant elle ne pense plus à son cheval, qui est peut-être quelque part à l'abri ou qui lui aussi s'est brisé les reins ? Elle ne pense pas à Samuel ni à rien, pas même à elle-même et à toutes les routes qu'elle a pu prendre dans sa vie et qui l'ont menée à celle-ci, aujourd'hui, à toutes les combinaisons réunies, tous les hasards, toutes les occasions de bifurquer qu'elle n'a pas su saisir, elle n'y pense pas, elle pense au froid qui la paralyse, elle pense à son souffle, elle pense à la peur d'être foudroyée – car la foudre pourrait aussi la tuer d'un coup, elle se demande même par quel miracle, par quelle chance ce n'est pas encore arrivé –, elle pense qu'on va la retrouver morte dans deux ou trois jours, elle pense à la Corse, pourquoi faut-il que Benoît ait eu raison aussi sur ça ? Oui, elle a été incapable de sauver son fils de lui-même, incapable de se sauver elle-même, de se racheter à ses propres yeux – mais elle ne veut pas se résigner, l'image de Benoît la remplit de haine et de colère –, ça dure une seconde, un peu moins, oui, elle avait raison pour Samuel quand elle pensait que la haine se retourne toujours contre soi, car à cet instant la haine qu'elle éprouve pour Benoît, son visage triomphant, son sourire méprisant, une seconde, elle le voit, il est face à elle et c'est le moment où elle n'est pas entièrement dans son geste de descendre, la seconde d'inattention – son pied chasse sur le côté, entraînant les jambes, le poids du buste. Elle essaie de se retenir par les mains, mais elle ne peut rien saisir, le corps entraîne le corps, la chute entraîne la chute, et tout mouvement qui voudrait la retenir la précipite dans le brouillard, sur les rochers à pics, elle n'en finit pas de heurter des pierres, son sang se mêle aux rochers, à la glace – dans un instant elle aura fait une chute de plus de huit mètres, dans un instant elle sera brisée, presque morte, et dans un instant le monde autour d'elle aura complètement disparu.

III

Continuer

52

L'année 1995 est une année où tout réussit à Sibylle. Les journées sont trop courtes pour elle, les semaines filent trop vite, mais en réalité le temps peut accélérer comme il veut, il n'a aucune chance contre elle ; Sibylle court vite, elle est boulimique de travail, d'amour, de tout.

Sa vie d'interne dans les hôpitaux de Paris lui prend presque tout son temps, plus de soixante-dix heures par semaine, parfois jusqu'à quatre-vingt-dix, cent heures. Ce n'est pas toujours gratifiant, c'est même parfois franchement ingrat, mais elle apprend le métier, les codes, les hiérarchies : la chirurgie ne se laisse pas approcher si facilement.

Sibylle n'a pas peur d'avaler des couleuvres, d'être corvéable ; elle regarde tout, elle observe, elle comprend, il faut en passer par là. Le reste du temps, elle dort, et puis souvent, le matin assez tard, vers onze heures, elle entend la clé dans la porte de l'entrée – l'appartement parisien de la rue Le Brun est minuscule ; une odeur de croissant, de café, et puis l'homme qu'elle aime. On fait semblant de parler des nouvelles du jour, on prend le petit déjeuner en buvant des litres de café et en remplissant un cendrier de Pall Mall, on fait l'amour avant et parfois après la douche, on reste au lit aussi longtemps qu'on peut, jusqu'au milieu de l'après-midi quand c'est possible. On écoute David Bowie, les Stooges, Iggy Pop et Léo Ferré quand il chante les poètes ou *Les Anarchistes*.

On ne fait pas de projet d'avenir – les projets, c'est pour ceux qui n'ont pas de présent. Quand le présent vous comble, pourquoi aller chercher demain ce qui s'accomplit pleinement chaque jour ? L'avenir, ce sera le mois d'août, quelques jours dans le sud de l'Italie. On ira peut-être à moto voir des copains qui ont acheté une maison dans le Berry, avec qui l'on passera des soirées entières à se dire qu'un autre monde est possible. Gaël partira faire de longues balades à moto, et, comme toujours, Sibylle aura peur, malgré la confiance qu'elle a en lui – elle a parfois fait des conneries avec lui, la moto à plus de deux cents à l'heure sur l'autoroute et le périphérique parisien, la musique dans le casque, la voix de Bowie ou celle de Jagger. Elle n'a pas peur de son comportement à lui, elle a une totale confiance, mais elle redoute quelque chose qu'il pourrait ne pas voir venir, une flaque d'huile, un camion. Elle est inquiète, elle l'a toujours été. Elle raconte que ça vient de ses parents, les immigrés se sentent seulement tolérés quand ils arrivent quelque part, on finit par s'inquiéter du simple fait de respirer.

L'avenir, on n'en parle pas, on le connaît. On aura des enfants, on quittera Paris pour vivre soit à l'étranger, soit dans une ville de taille moyenne ou grande, Bordeaux ou Nantes, pourvu qu'elle soit proche de la mer ou de la montagne. Mais on ne se fixe aucun but, on a trop de choses en cours. Gaël doit réaliser un film en Inde dans quelques semaines, un documentaire sur la couleur et les fêtes qu'on y consacre dans la tradition hindouiste. Il y travaille, comme Sibylle a fini de travailler à son roman. Elle l'avait complètement laissé tomber depuis deux ans, mais un jour elle l'avait fait lire à Gaël, qui l'avait tellement aimé, ce livre, qu'il n'avait pas voulu entendre son idée à elle de ne pas avoir le temps de le terminer. Mais il est terminé ! disait-il. Et il l'était. Il fallait encore couper des scènes, supprimer quelques personnages, régler des problèmes de tension dramatique, mais bon, c'était terminé, l'histoire d'une poignée d'heures. Elle l'avait fini sans y croire – et lui insistait, ok, je ne lis pas de romans, mais si tous les livres étaient aussi bons que le tien, je m'y mettrais !

Elle souriait, pensait qu'il était juste amoureux, que sa lecture et ses encouragements étaient le fait d'un homme aveuglé par ses sentiments ; mais il lui avait fait des remarques judicieuses, notamment sur certaines longueurs. Elle l'avait écouté sans trop y croire, et puis voilà, le livre était fini.

C'est le début de l'été 1995, Gaël refuse d'aller poster les enveloppes qui contiennent le manuscrit, non, pas question, je vais l'apporter aux éditeurs en mains propres. Elle accepte, elle fait une liste des principaux éditeurs chez qui elle aimerait voir son livre publié. Mais elle le fait en tremblant – ce n'est pas elle qui fait les photocopies du tapuscrit, pas elle non plus qui rédige la lettre de présentation, pas elle qui va à la papeterie acheter de grandes enveloppes de papier kraft, pas elle enfin qui met chaque exemplaire dans les enveloppes. Elle se sent indigne et n'accepte que pour ne pas le décevoir, lui, pour ne pas décevoir son optimisme, son enthousiasme. Elle lui répète, ça ne marchera jamais, et puis parfois, t'imagine qu'ils disent oui, qu'il y en ait un pour dire oui ? Et il répond inlassablement, j'y connais rien mais s'ils disent non, c'est des cons. Ils rient, boivent, elle repart travailler, et lui fait ce qu'il a à faire.

Alors quand les éditeurs répondent en téléphonant, oui, c'est formidable votre livre, c'est formidable, je voudrais vous rencontrer, passez nous voir, mademoiselle, elle reste sidérée. Elle prend des livres dans sa bibliothèque et regarde les noms de Marcel Proust et de Patrick Modiano en imaginant son prénom et son nom à elle, *Sibylle Ossokine* sur la couverture au liseré rouge, les noms de Marguerite Duras et de Samuel Beckett sur celle au liseré bleu ; c'est vertigineux, tellement vertigineux. Elle a très honte de cette pensée prétentieuse, elle se répète, mais pour qui tu te prends ma fille ? Pour qui ? Et elle pense à ses parents qui ne savaient pas écrire le français, à ses grands-parents qui ne le parlaient pas du tout – elle ne savait pas qu'être heureuse pouvait remuer autant, ni que la joie et la douleur pouvaient être aussi proches.

53

Benoît n'arrive au Kirghizistan qu'une semaine après que Samuel l'a appelé. On s'est parlé sur Skype, Samuel avait l'air paniqué, il a parlé de l'accident, il était confus et désespéré. Benoît n'a pas tout compris, seulement qu'il devait venir, que Sibylle avait encore fait des siennes. Et il n'a pas souri ouvertement devant Samuel – même par écran interposé, il s'est retenu. Il a fait attention à ne pas trahir une mauvaise pensée, il ne voulait pas que son fils pense qu'il était cynique, triomphant, que son fils puisse l'accuser de savourer une victoire trop facile sur Sibylle. Et c'est vrai, il aurait pu facilement prendre un air compatissant, paternaliste, oui, je te l'avais bien dit, avec ta mère, la catastrophe n'est jamais loin. Et s'il n'a pas savouré sa victoire, ce n'est pas qu'au fond de lui il ne l'éprouvait pas, non pas qu'il ne s'était pas surpris à en ressentir une forme de jouissance, quelque chose qu'il n'avait pas réussi à se dissimuler complètement ; il avait au moins réussi à le cacher aux autres, mais à lui-même, non, pas tout à fait, quelques minutes, le temps d'un soupir, de se regarder dans la glace et de capter sur son visage le rictus de la lèvre, dans l'œil une lueur de cruauté, de victoire, et puis c'était tout. S'il n'a pas éclaté de rire et a pris le parti de la compassion, c'est parce qu'il n'y a aucun plaisir à jouir d'une partie qu'on gagne lorsque l'adversaire est si nettement humilié, défait, anéanti. Il ne voulait pas donner l'impression d'avoir eu raison sur toute la ligne tant les faits parlaient d'eux-mêmes. Au fond, ce qui se passe le désole un peu, il aurait préféré qu'elle le surprenne, il avait presque cru qu'elle le pourrait tant cette fois elle avait semblé décidée, organisée, d'une motivation et d'une énergie qu'il ne lui avait jamais connues – à part pour leur divorce. Il s'est dit, après tout, pour son fils, pour se donner l'impression de sauver son fils, Dieu sait ce qu'une femme comme elle est capable de faire. Puis non, on est qui on est. On peut se tordre dans tous les sens, on n'y peut rien de rien – on reste ce qu'on est, pensait-il. Rien à faire, elle sera toujours la fille qui a failli mourir en Corse, la fille inconsolable d'un amour de jeunesse dont elle a toujours refusé de lui dire un mot, mais dont il connaissait l'existence par ses parents et quelques vieux amis qui lui avaient parlé d'un motard, un type avec qui elle avait vécu à Paris quand elle étudiait. Il n'avait jamais pu en parler avec elle, même quand il avait essayé d'évoquer ça, de lui demander comment elle pouvait encore supporter les Arabes. Elle se fermait, n'avait jamais voulu répondre.

– Les Arabes ? Qu'est-ce qu'ils ont les Arabes ?

– Je croyais, j'ai entendu dire...

– Laisse-les où ils sont, les Arabes.

– On peut parler de rien, je veux dire, d'avant. Moi je te parle bien de ma vie.

– Mais toi tu l'aimes, ta vie.

Quand il débarque, Benoît a ruminé pendant tout le voyage, il a fini par se dire que c'était un peu de sa faute, parce qu'il n'aurait jamais dû accepter ce deal idiot et qu'il aurait dû imposer son choix, le pensionnat. Il aurait dû tout faire pour qu'elle renonce et pour ça il aurait dû lui rappeler tous ses échecs, lui rappeler le nombre de fois où il avait dû intervenir parce qu'il la retrouvait ivre morte dans des bars – avant la naissance de Samuel –, quand il la retrouvait assise pendant des heures inerte, incapable de bouger à part pour reprendre une cigarette, le regard éteint, les yeux morts devant une télé qui continuait depuis des heures à lui brûler le cerveau. Et pourtant il n'avait pas pu, il avait accepté le deal. Mais c'est vrai que tout le monde avait trouvé que c'était bien, l'école, le juge, les éducateurs, tout le monde avait approuvé et décidé d'accompagner le projet à distance, comme ils disaient. Et d'ailleurs lui aussi avait dû s'avouer qu'il s'était dit – une pensée honteuse qu'il avait tôt fait de se dissimuler comme un crime dont on essaie de nier l'existence en s'inventant des alibis alors qu'on se sait coupable – que finalement, leur départ pendant au moins trois mois, c'était un peu de liberté pour lui, les week-ends et les vacances, lui qui venait juste de rencontrer une jolie secrétaire avec qui il avait bien envie de passer du bon temps. Parce que, lorsqu'il venait le retrouver à Paris, il devait s'occuper de Samuel, essayer de faire des trucs ensemble, aller au cinéma, au restaurant, voir des matchs – oui, ça, on le faisait, c'était les moments qu'ils aimaient tous les deux. Ils se faisaient livrer des pizzas et buvaient de la bière en racontant des conneries, et alors Samuel pouvait croire qu'il avait tout compris à son père, qu'il était lui-même un homme, qu'il serait comme son père. Celui-ci n'avait pas besoin de dire qu'il avait quitté Sibylle, c'était obligé, c'était comme ça, il parlait d'elle comme si Samuel et lui savaient à quelle créature à la fois fragile et autoritaire ils avaient affaire, saturés de sa présence, de son regard consterné et désolé sur eux – et avide aussi, d'une avidité qui faisait peur à Samuel, oui, il se disait que parfois, quand elle le regardait, elle avait le regard d'une affamée qui se mord l'intérieur de la joue pour ne pas hurler sa faim, et cette impression lui faisait peur, d'abord, et horreur ensuite, avant de lui laisser un vague sentiment de gêne, de honte, de pitié.

Quand il arrive, Benoît conduit un 4×4 qu'il a loué en arrivant à Bichkek. Il est resté une nuit à l'hôtel là-bas, pas question de s'attarder, il ne vient pas en touriste, il ne vient pas en vacances. Il vient voir ce qui se passe, il ne comprend pas ce que son fils lui a dit – la connexion était très mauvaise, mais en gros il a compris que son ex-femme venait d'échapper à la mort, que la mort rôdait peut-être encore autour d'elle, qu'elle naviguait dans les eaux du coma, qu'elle en sortirait sans doute, mais pas indemne, on ne savait rien, on ne pouvait pas la rapatrier dans son état. Mais il s'était aperçu que ça ne l'intéressait pas. Il faudrait pourtant s'y intéresser – il l'avait aimée, cette femme. Comme il avait pu, oui, mais il l'avait aimée comme elle ne l'avait jamais aimé en retour, et de ça il était resté si amer que le ressentiment qu'il avait fini par nourrir envers elle avait corrodé entièrement cet amour, pour le laisser vide, en miettes. Le ressentiment et l'amertume étaient toujours là, et la fatigue, les années de lutte, la fatigue encore, le divorce et la guerre qu'il avait impliquée, bon, voilà, il essaie de se faire croire qu'il vient ici un peu pour elle, mais il sait que c'est faux, il sait qu'au fond il n'est là que pour Samuel, pour le ramener avec lui, et peu importe que Sibylle crève dans un hôpital au fin fond du Kirghizistan ou d'ailleurs.

54

Quand il finit par trouver le campement, il s'étonne de ce qu'il voit, tous ces gens, comme eux sans doute le sont de voir débarquer un 4×4 noir aux vitres teintées et ce type qui sort de la voiture, habillé en jean et chemise blanche, les manches retroussées, Ray-Ban, surgissant comme l'invité-surprise. Mais on ne le regarde pas vraiment non plus, il n'est pas l'événement du jour. L'événement, c'est le mariage de la fille de Toktogoul. Celui-ci a fait les choses en grand, il a emprunté beaucoup d'argent pour organiser une fête somptueuse comme on les aime à travers tout le pays et même dans toute l'Asie centrale, des fêtes immenses dont on met des années à se remettre. Mais le sacrifice vaut bien d'être fait, lui qui laisse une sensation d'orgueil et de fierté, pour que chacun ait l'occasion de se remémorer des souvenirs dont on sera heureux des années, qui nourriront les soirées dans la yourte, les récits qu'on fera aux petits-enfants quand ils seront nés, et dont les amis pourront être envieux, espérant faire mieux, plus grand, plus beau, mais en se disant que personne n'est plus impressionnant que le vieux Toktogoul avec ses dents en or et son regard pénétrant, son calme impérial et légèrement arrogant lorsqu'il reste debout pendant des heures, à l'entrée de sa yourte, entre la prière du matin et les ordres aux femmes et aux enfants.

Samuel avait dit à son père qu'il ne serait pas à Osh ; on lui avait proposé de l'accueillir dans un campement de nomades, et il avait accepté, c'est là qu'on pourrait se retrouver. Et donc son père arrive, il sort de sa voiture de location et, alors qu'il s'attend à trouver un plateau désert avec quelques yourtes et des chevaux, des moutons et des enfants qui jouent, alors qu'il s'attend à tomber de plain-pied dans la carte postale ou dans les photos qu'il a pu voir dans un guide ou sur Internet, c'est bien sur une image de cet ordre qu'il tombe, mais pas celle à laquelle il s'attendait. Au lieu des quelques yourtes et des chevaux, des trois moutons et des poignées de gosses, des femmes trayant les juments pour préparer le *koumis*, c'est une foule dense, compacte, des robes bariolées, de la musique, un orchestre avec un type assis qui joue d'une guitare à trois cordes, un autre encore avec un archet, deux autres avec des flûtes droites et un autre avec une sorte de tambour. Il approche, son fils doit être là, parmi tous ces gens. Il se demande ce qu'ils regardent, ce qui les attire – parce que oui, tous les regards convergent vers un point qu'il ne voit pas encore très bien, ça a l'air loin, et la foule empêche de voir, d'entendre, on parle très fort, on rit, la musique aussi l'empêche de saisir. Et puis soudain il entend les ruades, les galops, les cris, il doit se faufiler à travers la foule pour se faire une place ; derrière la barrière que forment les gens, une vingtaine de chevaux et de cavaliers courent, se bousculent – Benoît approche, il essaie de passer au premier rang pour mieux voir de quoi il s'agit. Il comprend vite, il a lu quelque chose là-dessus, ce jeu où les cavaliers s'écharpent pour récupérer le corps décapité d'une chèvre ou d'un bouc, qu'il va s'agir pour le cavalier qui réussira à s'en emparer d'aller déposer dans un cercle après avoir passé entre des poteaux, les autres tentant bien sûr de l'en empêcher. Benoît avait lu que ce jeu pouvait être violent et, en effet, il l'est ; les cavaliers sont des hommes jeunes, ils se jettent les uns sur les autres avec une frénésie et une rage qui le surprend, il aperçoit la carcasse du bouc – une carcasse aux longs poils noirs qu'il est facile d'attraper à pleines mains, mais qui passe de main en main, qu'on s'arrache, se livrant à tous les coups possibles, criant, frappant, et les chevaux ruent et hennissent, agglutinés, formant une sorte de nuée où chacun semble reconnaître son équipe – deux équipes, et pourtant à l'intérieur de chacune tout le monde semble ignorer les autres, on tape, on frappe, le public rit, crie, commente. Benoît regarde et reste stupéfait par la violence du jeu, par sa force aussi, sa vitesse, il voit un moment la carcasse du bouc décapité qui rampe avant de tomber, puis qui est reprise, et pendant quelques secondes elle est traînée au sol par un cheval, comme si elle était attachée à sa selle et qu'il la charriait sans s'en rendre compte, puis elle retombe dans la poussière avant d'être envoyée en l'air par des coups de sabots – qui tapent, piétinent, écrasent, le sang éclabousse les chevaux, les bras des cavaliers se penchent pour rattraper la carcasse, s'envoient des coups de poing pour ne pas se la laisser ravir et alors Benoît a le temps de l'apercevoir – d'abord il n'en est pas sûr, il croit qu'il se trompe, ce ne peut pas être lui, il se dit, celui-ci est trop bronzé, son teint presque noir, et puis il est trop maigre, trop fin, et puis il a l'air si dur, si sévère, si concentré aussi et il est si agile et si décidé, et puis ses fringues sont les mêmes que celles des autres cavaliers, des habits comme ils les ont ici, de vieilles fripes occidentales arrivées là on ne sait pas comment – T-shirts, jeans, survêtements, casquettes –, et pourtant il voit bien que c'est lui, que Samuel donne autant de coups qu'il en reçoit, qu'il ne joue pas pour faire de la figuration et qu'il est entièrement dans le jeu, qu'il s'y donne à fond, comment c'est possible, Benoît soudain stupéfait, son fils, est-ce que c'est son fils, ce fils à la fois boudeur et réservé, grande gueule et timide, peureux et vindicatif, solitaire et renfermé ? Est-ce que c'est lui qui galope parmi les autres ? Lui qui gueule avec eux et se prend des coups, qui les rend, qui réussit à saisir d'une poigne vigoureuse le corps ensanglanté de la bête et va chercher à galoper jusqu'aux poteaux – des vieux pneus entassés – pour aller vers le cercle avant d'être rattrapé et qu'on lui arrache la dépouille du bouc dont les os craquent, explosent dans la carcasse qui ne ressemble plus à rien de solide, la carcasse comme un sac d'os trempé de sang, une bouillie de chair ramollie, et lui, là-dedans, pourtant, il a l'air de tenir sa place, de résister, d'être l'un d'eux. Benoît n'en revient pas, il repense au visage qu'il a vu il y a une semaine sur Skype, ce garçon qui essayait de lui raconter que tout était de sa faute, qu'à cause de lui sa mère allait mourir, qu'il avait tué sa mère. Il avait raconté l'avoir trouvée dans la montagne, pas très loin de là où il était, et qu'il avait réussi à repartir avec elle sur son dos, qu'il avait eu de la chance parce que des gens les avaient aidés. Des Français qui étaient là, deux types, et puis les nomades qui étaient venus. Et alors ils avaient pu les sauver, les réchauffer, changer leurs vêtements, les couvrir avec des peaux de moutons, et ils avaient fait venir une voiture et on avait filé vers Osh parce que Sibylle était à deux doigts de la mort – et lui, Samuel, il était resté chez les nomades. Il avait dormi deux jours, puis il était resté avec eux. Les Français lui avaient expliqué, ta mère est dans le coma, son pronostic vital est engagé, tu devrais prévenir ton père. Et il avait dit oui, il l'avait fait, mais il était resté vivre chez Toktogoul, et il aurait voulu les remercier et dire qu'il avait été lâche et idiot, et qu'il ne savait pas comment on peut demander le pardon. Il n'avait rien dit, il avait commencé à utiliser les quelques mots de russe qu'il savait. Tout le monde avait été surpris de l'entendre parler soudain si bien le russe – car oui, tout à coup, même à lui ça apparaissait, il n'était pas l'ignorant qu'il pensait être. Et comme on lui proposait de rester le temps qu'il faudrait pour que sa mère se rétablisse, il avait dit oui. Il avait répété les quelques mots kirghizes qu'on lui avait appris. Il en avait appris d'autres. Il avait voulu aider, et il aidait. Il faisait le berger, il aidait les femmes à préparer le *koumis* ou les repas. Et il attendait son père. Son père qui n'en revient pas de ce qu'il voit. Alors quand la partie s'achève, que Benoît voit son garçon arriver vers lui, le visage et les mains recouverts de sang – le sang du bouc, le sang de ses adversaires mais aussi peut-être le sien –, il ne sait plus comment lui parler. Tout à coup il ne trouve pas les mots, il n'ose plus prendre le même ton que lorsqu'il y a encore quelques mois il lâchait sans réfléchir, à Montparnasse, quand il venait le chercher à la gare, ou alors chez lui, quand Samuel venait directement, alors, mon chaton...

Non, il n'a pas un chaton devant lui. Et tout à coup Benoît a l'impression qu'une page vient de se tourner et qu'il ne l'avait pas vu venir. Devant lui, il y a un garçon qui lui semble plus grand, plus affûté, qui le regarde avec un regard plus lumineux et fixe que ce qu'il avait jamais vu chez lui, et il se demande si ce garçon-là est bien son fils. Il ne voit rien de louvoyant ou de timide, il voit un garçon qui le regarde et qui n'attend rien de lui ; il s'étonne, pour la première fois de sa vie il voit que son fils ne le regarde pas avec admiration, il voit que son fils est ailleurs, et que non, finalement, on n'est peut-être pas définitivement ce que l'on est.

55

Dans la voiture qui les mène à Osh, Benoît conduit et regarde fixement la route ; il aimerait comprendre ce qu'il fait là, il n'est plus très sûr de le savoir. Il essaie de poser des tas de questions à Samuel, mais plutôt que de demander comment les choses se sont passées, il voudrait savoir comment elles ne se sont pas passées, c'est-à-dire comment tout ce qui a pu arriver entre sa mère et lui les a conduits là où ils en sont. Benoît voudrait savoir ce que contient le sac de feutre que Samuel porte avec lui, mais il n'ose pas demander. Il se contente de jeter des coups d'œil sur les genoux de son fils, assis à côté de lui, mais celui-ci ne remarque rien et garde ses doigts enlacés au-dessus du sac – qu'est-ce que ça peut être ? Benoît se demande. Un cadeau ? Un objet qui serait indispensable à Sibylle ? Mais plutôt que de demander, il voudrait que Samuel lui raconte tout dans le détail – les histoires qu'ils ont vécues, les rencontres, est-ce qu'il y a eu d'autres accidents, des choses qu'il n'aurait pas dites, des engueulades, des accrochages entre eux ? Benoît veut savoir, mais Samuel répond de manière évasive et puis, soudain, après un long silence :

– Tu savais que maman avait écrit un roman ?

– Quoi ?

– Maman, tu savais qu'elle avait écrit un roman ?

– Euh... Non.

– Elle t'a rien dit ?

– Non, pourquoi ?

– Il était pris. Je veux dire, les éditeurs le voulaient.

– Qu'est-ce que c'est que cette histoire ? Elle t'a raconté des trucs ?

– Non, rien... Elle m'a rien dit, elle l'a écrit. J'ai lu son carnet. Dès qu'on s'arrêtait, elle écrivait dans un carnet.

– Un carnet ? Comme un journal intime, c'est ça ?

– C'est pour ça que je m'appelle Samuel. Elle l'a dit dans son carnet, à cause d'un écrivain qu'elle aime. Elle dit que tu voulais pas que j'aie un prénom juif.

– Attends, non, c'est pas ça ! J'ai rien contre les Juifs, c'est pas ça le truc, hein. Je voulais pas qu'on t'emmerde à l'école avec un prénom je veux dire euh –

– Oui, je sais, c'est pas grave.

Quand ils arrivent à l'hôpital, Benoît reste les lèvres clouées, pendant tout le trajet il a voulu demander à Samuel, dis, son carnet... Est-ce qu'elle parle de moi ? Est-ce qu'elle a raconté des choses que tu... ignorais ?

Il essaie de trouver dans le regard de son fils des réponses, il voudrait savoir si... des idées qui le bousculent, des idées, des reproches qu'elle lui avait faits... Est-ce qu'elle a écrit que, oui, c'est arrivé, parfois, le soir, la nuit, il la réveillait et l'obligeait à faire l'amour, ou plutôt à le laisser *se servir*, comme elle disait parfois en souriant méchamment, le regard grimaçant une rage qui n'arrivait pas à exploser, quand elle se contentait d'entrouvrir les yeux et les jambes pour qu'il se calme et lui foute la paix... Est-ce qu'elle parle de ça dans son carnet ? Est-ce qu'elle a écrit aussi que ce n'est pas lui qui a quitté Sibylle mais que c'est elle qui l'a foutu dehors, un jour, parce qu'un homme était venu la voir et que cet homme lui avait raconté comment sa femme était allée se jeter sous les rames du métro parce que son salopard d'amant l'avait trahie ? Oui, lui, Benoît. Il lui avait demandé de quitter son mari, ses enfants, toute sa vie, sauf que de son côté il n'avait pas pu se résoudre à faire la même chose... Est-ce qu'elle en parle, dans son carnet ?... Du dégoût qu'elle avait eu de lui, quand elle avait compris qu'il avait poussé une femme bien plus loin que là où elle était elle-même, et que par lâcheté, par faiblesse, la laissant si vide, piégée, cette femme n'avait trouvé une issue que dans la mort ? Est-ce qu'elle a écrit ça quelque part ? Que c'est pour cette femme qu'elle ne connaissait pas que Sibylle l'avait quitté ?

Samuel marche devant son père, ils entrent dans l'hôpital et c'est Samuel qui demande à l'accueil s'ils peuvent aller voir Sibylle dans sa chambre. Quelqu'un les accompagne, et Benoît, en retrait, regarde son fils qui marche bien droit dans ses fringues impossibles – un pantalon de survêtement bleu dégueulasse et un T-shirt qui ne vaut pas mieux, bon Dieu, il ne lui manque que les dents dorées, la tignasse, la peau craquelée de soleil –, son père voudrait lui jeter la main sur l'épaule, l'obliger à se retourner et il voudrait que Samuel le regarde dans les yeux et lui dise tout ce qu'il sait, ce qui s'est passé avec sa mère, est-ce que pendant ces trois mois sa mère lui aurait dit ?... Et il n'ose rien.

Soudain, c'est comme si son fils l'impressionnait. Alors il garde ses questions pour lui, les marmonne, mais Samuel ne les entend pas. Et parfois Benoît les dit un peu plus fort, son fils ne répond pas, est-ce qu'il les entend ? Est-ce qu'il écoute ? Son père qui continue, mais Samuel, qu'est-ce que tu sais ? Qu'est-ce qu'elle t'a dit ? Qu'est-ce qu'elle écrit dans son putain de carnet ? Qu'est-ce que ça veut dire qu'elle a écrit un truc et que les éditeurs en voulaient ? Hein, qu'est-ce que ça veut dire, s'ils en voulaient tant que ça, pourquoi il n'a jamais été édité, tu peux me le dire ? Et pourquoi si c'est vrai elle ne me l'a jamais dit ? J'ai été son mari pendant dix-sept ans, tu crois que tu en sais plus que moi ? Que tu la connais mieux que moi ? Qu'est-ce qui me dit que c'est vrai ce carnet ? Avec moi elle a jamais écrit une ligne, tu entends, elle en était bien incapable... toujours mal au dos, aux bras, aux jambes, toujours fatiguée, toujours !

– Papa, on arrive. Tu veux la voir ?

– Je crois que...

– Tu veux m'attendre là ?

– Oui, je... Je crois que je vais faire ça. Samuel, mais qu'est-ce qui s'est passé, tu ressembles... T'es quand même pas devenu kirghize, non ?

– Non, c'est juste que j'ai compris un truc.

– Un truc ?

– Si on a peur des autres, on est foutu. Aller vers les autres, si on ne le fait pas un peu, même un peu, de temps en temps, tu comprends, je crois qu'on peut en crever. Les gens, mais les pays aussi en crèvent, tu comprends, tous, si on croit qu'on n'a pas besoin des autres ou que les autres sont seulement des dangers, alors on est foutu. Aller vers les autres, c'est pas renoncer à soi.

Et puis Benoît se tait, il voudrait sourire à son fils, lui dire qu'il comprend. À vrai dire il ne comprend peut-être pas, mais peut-être que si, que quelque chose en lui s'éveille, se trouble, s'agace aussi. Ce qui s'éveille, c'est comme l'étonnement qu'il avait toujours éprouvé devant Sibylle, parce qu'elle avait toujours eu en elle, à un moment ou un autre, une force qui le surprenait, que lui n'avait pas, qui venait il ignorait d'où, et qui se manifestait n'importe quand, n'importe comment, alors même qu'elle était au fond du désespoir. Quelque chose en lui s'éveille et quelque chose d'autre se trouble. Est-ce qu'elle a réussi son pari ? Est-ce qu'elle a réussi à faire de son fils l'homme qu'elle voulait voir en lui ? Est-ce qu'il avait compris des idées, des *valeurs*, ses valeurs à elle, le respect des autres, de soi, le rejet du superficiel, de la vanité, du mensonge ? Est-ce qu'elle avait pu réussir *ça* ? Et quelque chose enfin l'agace, qui le met soudain en colère, c'est quoi ce sac minuscule que Samuel porte avec lui ? Et puis, il le sait, il ne le demandera pas parce qu'il sait soudain qu'il a fait le voyage pour rien : son fils ne rentrera pas avec lui. Son fils attendra sa mère, il restera avec elle.

Benoît n'ose rien dire, il se contente de s'asseoir et de regarder son fils faire quelques mètres avec l'homme qui l'accompagne, et disparaître dans une chambre.

56

Oui, pendant quelques années, de 1995 au début des années 2000, Sibylle ne supporte pas d'échanger un regard avec un Arabe, ou quelqu'un qui pourrait lui donner l'impression de l'être. Elle a peur, elle est en colère, elle voudrait hurler aux gens dans la rue, à tous les musulmans qu'elle croise, que Gaël n'avait rien à voir là-dedans, cette guerre civile en Algérie, les attentats, le GIA, la religion, et que son seul tort c'était d'avoir voulu la retrouver et de prendre le RER pour rejoindre la station Saint-Michel un jour où d'autres avaient décidé de poser des bombes. Avec la mort de Gaël, Sibylle s'effondre à l'intérieur d'elle-même, la certitude des idées politiques, la tolérance, l'aptitude au bonheur, à la joie, à la jeunesse, à la beauté.

Elle pense que soudain l'air lui fait défaut, qu'on ne peut plus vivre.

Elle pense pendant des mois que seule la chirurgie peut la sauver. Elle travaille de plus en plus, elle ne dort plus, mange peu ; elle tient.

Puis un jour on lui laisse le bloc, elle va s'occuper d'une opération facile, on la sait douée, travailleuse : une banale appendicite. Elle commence, elle opère, elle se trouble, le sang tout à coup l'effraie, elle ne peut pas, elle ne pourra plus jamais – elle ne sera pas chirurgien.

Elle reste atterrée pendant des journées, enfermée chez elle, dans le minuscule appartement de la rue Le Brun. Le matin, il n'y a plus d'odeur de café ni de croissant, on ne fait plus l'amour par amour – elle ne sera plus jamais amoureuse.

Elle n'écoute plus la musique de Bowie ni de personne d'autre, elle pense qu'en quelques mois elle devient vieille, ignoble, achevée. Elle oublie de ramasser son courrier ou même d'écouter ses messages téléphoniques. Peu à peu les éditeurs oublient de la relancer, c'est dommage, son livre était vraiment beau – elle ne sera jamais écrivain.

57

La lumière dans la chambre est très basse. Quand il entre, Samuel a l'impression que tout ralentit – pas seulement autour de lui, dans la chambre, pas seulement parce que le silence imposé ici est troublé par le bruit lent et régulier d'une machine à laquelle sa mère est reliée, comme dans les profondeurs une plongeuse à un scaphandre et à une bouteille d'oxygène, mais en lui aussi, comme si à l'intérieur de lui-même tout son organisme se ralentissait, s'adoucissait, cherchait à économiser chaque geste, chaque souffle.

L'homme qui l'accompagne lui dit qu'il ne doit pas rester longtemps, sa mère n'est plus dans le coma, certes, elle revient lentement à elle, mais elle est extrêmement fragile. Samuel pense alors qu'elle est fragile comme un objet très précieux, du cristal, une œuvre ciselée dans la chair humaine, un souffle, oui, c'est fragile et lui se sent un peu comme un éléphant dans un magasin de porcelaine ; Samuel n'est pas sûr d'avoir bien compris ce que l'homme en blouse lui a dit. Il sait que sa mère a les deux jambes cassées, des côtes fêlées, que dans quelques semaines, quand ce sera possible, il faudra la faire revenir en France – et il sait aussi qu'il sera là, avec elle, qu'il ne l'abandonnera pas. Il prend ses décisions, il a l'impression que soudain il voit clair. Il ne retournera pas à l'école ; dès qu'il rentrera en France, il cherchera du travail, une formation, non pas n'importe quoi, il veut travailler dans un centre équestre, il veut la compagnie des chevaux, il veut donner son temps aux chevaux, il le leur doit. Il pense à Starman et se revoit quand ils étaient tombés, et qu'il était resté inerte, honteux, incapable de rien, sachant qu'il avait le pistolet de Djamila, qu'il aurait dû tirer et libérer son cheval de son agonie, mais il ne l'avait pas fait, il n'avait pas pu. Il avait eu tellement peur, la main sur la crosse de l'arme, le poids de l'arme dans sa main, incapable, impossible de tirer. Il sait que dans sa vie il y aura cette zone d'une noirceur sans fond dont il ne pourra pas parler, mais qui agira en lui profondément, qui animera ses actions, ses gestes, qui lui donnera le ressort et l'énergie pour nourrir, panser, aimer les bêtes et essayer de les comprendre, d'être avec les animaux, essayer de comprendre leur langage et leurs attentes. Le monde d'avant – celui de l'école, de ses copains dont les visages mêmes ont déjà tendance à s'effacer, et puis le visage de Viosna et la honte qui lui reste attachée (cette envie aussi, dont il ne sait pas encore s'il aura la force d'y répondre, d'aller demander pardon à Viosna), ce monde s'efface au fur et à mesure que s'ouvre l'avenir, l'idée de l'avenir pour Samuel. Il comprend ce que sa mère a écrit, il tient fort le sac de feutre dans ses mains, il s'assied à côté du lit de sa mère, et il la regarde.

Il ne la reconnaît pas vraiment – d'abord parce qu'elle est recouverte par les couvertures et les draps, qu'elle est recouverte de tuyaux, une perfusion, des machines dont il ne comprend pas l'utilité, des pansements aussi qui recouvrent une partie de sa tête, ses cheveux, et puis la lumière bleutée, les hématomes et les griffures, même si elle a été lavée, même si elle semble bien maintenant, Sibylle est loin, des marques profondes entourent ses yeux, la chair tuméfiée. Il reste là, très près d'elle, il veut la toucher mais n'ose pas. Il entend juste son souffle – ce léger sifflement qui sort de sa bouche ou de son nez, léger, léger, mais qui lui va droit au cœur, et il se dit que bientôt il va oser poser sa main sur la sienne, mais pas encore, pas encore. Il va se contenter de passer ses doigts tout près de son visage, il va faire comme s'il caressait ses joues, ses yeux, sa bouche, mais sans la toucher, il n'oserait pas, il n'osera jamais, et il pense à ce moment, quand il l'avait trouvée, le corps fracassé, comment il avait pleuré des heures après, comment Arnaud ne l'a pas lâché, comment ils sont restés, Stéphane et Arnaud, oui, ils ont été là et sans doute ils seraient morts tous les deux si eux n'avaient pas été là, et sans Toktogoul et les nomades aussi ; et alors, c'est comme si le monde s'ouvrait et soudain comme si un voile venait de disparaître ou de se dissoudre dans l'air.

Et puis il avait trouvé le carnet de sa mère et avait hésité et finalement, il avait osé, oui, le lire, lire tout ce qu'elle avait écrit pendant ce voyage. Et avec surprise il avait lu qu'elle parlait très peu de ce qu'ils faisaient, de ce voyage. Elle parlait de la mort qui venait chaque nuit dans ses rêves, elle parlait d'un livre qu'elle avait écrit et qui ne serait jamais publié, elle parlait de la chirurgie et de tout ce travail qui avait été ruiné, elle parlait de sa nuit à elle, quand elle s'était effondrée et qu'elle était retournée vivre chez ses parents, morte, détruite, elle parlait des années perdues à s'inventer une survie chez ses parents, dans la maison de Bourgogne ; elle parlait de Benoît qu'elle n'avait jamais aimé mais qui lui avait donné le courage de vivre, elle lui devait ça, elle lui devrait toujours ça, et elle racontait comment pour se relever elle avait décidé de se mettre à faire des randonnées, comment ça l'avait beaucoup aidée au début, et puis comment il y avait eu cet accident en Corse qui avait été terrible, qui l'avait blessée au cœur peut-être plus que tout le reste. Elle s'était mariée avec Benoît parce qu'il avait voulu qu'ils se marient. Elle avait recommencé à vivre parce qu'il avait voulu qu'elle recommence à vivre. Elle avait eu un enfant parce qu'il avait voulu un enfant ; mais sur le prénom, elle s'était obstinée, elle n'avait pas lâché, ce serait Samuel, Samuel, à cause d'un écrivain qu'elle admire, mais dont elle n'ose plus lire une ligne ; elle ne lit plus, elle ne vit plus, mais son fils s'appellera Samuel.

Samuel avait lu le carnet jusqu'au bout, il avait été surpris par ce que sa mère avait écrit, Samuel est raciste à cause de moi, pas à cause de son père ou de ce qu'il entend, non, c'est à cause de moi. Quand Gaël est mort, j'en voulais à la terre entière et je croyais que tous les Arabes marchaient dans la rue pour me harceler et me rappeler sa mort. J'ai eu tellement de haine, j'ai travaillé tellement pour arriver à ne pas me noyer dans cette haine idiote, dévorante, dans l'aveuglement, ne pas tout confondre, ne pas se rassurer en se trouvant des ennemis, et je crois que tout ce que j'ai fait, c'est de revenir à ma lutte, à ne pas confondre, ce n'est pas une question d'amalgame, de dire que les uns ne sont pas les autres, c'est de dire qu'il y a des gens, des parcours, le mien, celui des uns et des autres, et il a fallu travailler à détruire la haine des autres dans ma vie, dans ma tête, et j'espère que Samuel n'a pas hérité de ce que j'ai combattu pour moi.

Et lui qui avait lu ce carnet en entier, il avait aussi lu ce passage où elle était si heureuse, si émerveillée et surprise – elle avait raconté ce jour près d'un lac où il s'était endormi, comment elle avait voulu toucher son visage, comment elle avait trouvé que son fils était beau, comment elle avait été transpercée d'amour pour lui, comment elle s'était soudain rappelé qu'on peut aimer à ce point de vertige, d'oubli, de folie, comment elle avait écouté sa musique avec ses écouteurs – et comment elle avait été stupéfaite d'entendre la musique qu'elle écoutait en moto avec Gaël sur le périphérique parisien.

Et lui, maintenant, il sort l'appareil de son sac, il se dit que ce n'est pas facile, mais en faisant bien attention, il pourra. Et de fait, voilà, il met les écouteurs à sa mère, elle ne réagit pas. Il lui reste quelques piles, il va les laisser ici. Il prend l'appareil et appuie sur *Play*. Il fait attention à ce que le son ne soit pas trop fort, et enfin il regarde sa mère, il ose poser ses doigts sur les siens, elle ne bouge pas, c'est lui qui tremble et s'émeut, et elle, alors, laisse s'infiltrer la musique dans son corps, la voix de Bowie dans son sang, une chanson qui parle de devenir roi et de devenir reine, de nager comme les dauphins, même si ce n'est que pour un jour, une chanson qui parle de se maintenir debout même si c'est pour un jour, d'être ensemble, des héros pour un jour, et Samuel ne sait pas pourquoi il le dit mais il le dit en murmurant, on finira notre voyage, maman, on va continuer, on le fera, il faut qu'on continue, il faut, oui, tous les deux, toi et moi, je te promets qu'on reviendra et qu'on ira au bout, on reviendra bientôt, tu verras, je te le promets, on le fera, tous les deux, on finira notre voyage.

CET OUVRAGE A ÉTÉ ACHEVÉ D'IMPRIMER LE
CINQ FÉVRIER DEUX MILLE DIX-NEUF DANS LES
ATELIERS DE NORMANDIE ROTO IMPRESSION S.A.S.
À LONRAI (61250) (FRANCE)
N° D'ÉDITEUR : 6381
N° D'IMPRIMEUR : 1900621

Dépôt légal : février 2019

DANS LA COLLECTION « DOUBLE »

Henri Alleg, *La Question.*
Vincent Almendros, *Un été.*
Yann Andréa, *M. D.*
Pierre Bayard, *L'Affaire du chien des Baskerville.*
Pierre Bayard, *Enquête sur Hamlet.*
Pierre Bayard, *Qui a tué Roger Ackroyd ?*
Samuel Beckett, *L'Innommable.*
Samuel Beckett, *Malone meurt.*
Samuel Beckett, *Mercier et Camier.*
Samuel Beckett, *Molloy.*
Samuel Beckett, *Watt.*
François Bon, *Sortie d'usine.*
Michel Butor, *L'Emploi du temps.*
Michel Butor, *La Modification.*
Éric Chevillard, *Les Absences du capitaine Cook.*
Éric Chevillard, *Du hérisson.*
Éric Chevillard, *La Nébuleuse du crabe.*
Éric Chevillard, *Oreille rouge.*
Éric Chevillard, *Palafox.*
Éric Chevillard, *Ronce-Rose.*
Éric Chevillard, *Le Vaillant petit tailleur.*
Julia Deck, *Viviane Élisabeth Fauville.*
Charlotte Delbo, *Auschwitz et après I. Aucun de nous ne reviendra.*
Charlotte Delbo, *Auschwitz et après II, III. Une connaissance inutile, Mesure de nos jours.*
Marguerite Duras, *Détruire dit-elle.*
Marguerite Duras, *Emily L.*
Marguerite Duras, *L'Été 80.*
Marguerite Duras, *Moderato cantabile.*
Marguerite Duras, *Savannah bay.*
Marguerite Duras, *Les Yeux bleus cheveux noirs.*
Marguerite Duras, Xavière Gauthier, *Les Parleuses.*
Marguerite Duras, Michelle Porte, *Les Lieux de Marguerite Duras.*
Tony Duvert, *L'Île Atlantique.*
Jean Echenoz, *Au piano.*
Jean Echenoz, *Cherokee.*
Jean Echenoz, *L'Équipée malaise.*
Jean Echenoz, *Les Grandes Blondes.*
Jean Echenoz, *Je m'en vais.*
Jean Echenoz, *Lac.*
Jean Echenoz, *Nous trois.*

Jean Echenoz, *Un an.*
Paul Éluard, *Au rendez-vous allemand* suivi de *Poésie et vérité 1942.*
Christian Gailly, *Be-Bop.*
Christian Gailly, *Dernier amour.*
Christian Gailly, *Les Évadés.*
Christian Gailly, *Les Fleurs.*
Christian Gailly, *L'Incident.*
Christian Gailly, *K.622.*
Christian Gailly, *Nuage rouge.*
Christian Gailly, *Un soir au club.*
Anne Godard, *L'Inconsolable.*
Bernard-Marie Koltès, *Une part de ma vie.*
Hélène Lenoir, *L'Entracte.*
Hélène Lenoir, *Son nom d'avant.*
Robert Linhart, *L'Établi.*
Laurent Mauvignier, *Apprendre à finir.*
Laurent Mauvignier, *Autour du monde.*
Laurent Mauvignier, *Continuer.*
Laurent Mauvignier, *Dans la foule.*
Laurent Mauvignier, *Des hommes.*
Laurent Mauvignier, *Loin d'eux.*
Marie NDiaye, *En famille.*
Marie NDiaye, *Rosie Carpe.*
Marie NDiaye, *La Sorcière.*
Marie NDiaye, *Un temps de saison.*
Christian Oster, *Loin d'Odile.*
Christian Oster, *Mon grand appartement.*
Christian Oster, *Une femme de ménage.*
Robert Pinget, *L'Inquisitoire.*
Robert Pinget, *Monsieur Songe* suivi de *Le Harnais* et *Charrue.*
Yves Ravey, *Enlèvement avec rançon.*
Yves Ravey, *La Fille de mon meilleur ami.*
Yves Ravey, *Un notaire peu ordinaire.*
Alain Robbe-Grillet, *Djinn.*
Alain Robbe-Grillet, *Les Gommes.*
Alain Robbe-Grillet, *La Jalousie.*
Alain Robbe-Grillet, *Pour un nouveau roman.*
Alain Robbe-Grillet, *Le Voyeur.*
Jean Rouaud, *Les Champs d'honneur.*
Jean Rouaud, *Des hommes illustres.*
Jean Rouaud, *Pour vos cadeaux.*
Nathalie Sarraute, *Tropismes.*

Eugène Savitzkaya, *Exquise Louise.*
Eugène Savitzkaya, *Marin mon cœur.*
Inge Scholl, *La Rose Blanche.*
Claude Simon, *L'Acacia.*
Claude Simon, *Les Géorgiques.*
Claude Simon, *L'Herbe.*
Claude Simon, *Histoire.*
Claude Simon, *La Route des Flandres.*
Claude Simon, *Le Tramway.*
Claude Simon, *Le Vent.*
Jean-Philippe Toussaint, *L'Appareil-photo.*
Jean-Philippe Toussaint, *Autoportrait (à l'étranger).*
Jean-Philippe Toussaint, *Faire l'amour.*
Jean-Philippe Toussaint, *Fuir.*
Jean-Philippe Toussaint, *La Salle de bain.*
Jean-Philippe Toussaint, *Nue.*
Jean-Philippe Toussaint, *La Télévision.*
Jean-Philippe Toussaint, *L'Urgence et la Patience.*
Jean-Philippe Toussaint, *La Vérité sur Marie.*
Tanguy Viel, *L'Absolue Perfection du crime.*
Tanguy Viel, *Article 353 du code pénal.*
Tanguy Viel, *Cinéma.*
Tanguy Viel, *La Disparition de Jim Sullivan.*
Tanguy Viel, *Insoupçonnable.*
Tanguy Viel, *Paris-Brest.*
Antoine Volodine, *Lisbonne, dernière marge.*
Antoine Volodine, *Le Port intérieur.*
Elie Wiesel, *La Nuit.*
Monique Wittig, *L'Opoponax.*